Estrela Vaquero Notario Pariente Sanchez Martin Luiso
Bacas Gordillo Isidro Fernandez Tabernero Cachorro
Robles Garcia Rubio Bordallo Peralo Barreña Manso
Zazellano De Lucas Carretero Herrero Gonzalez Ribero
Perez Lopez Gaspar Bertol Montero Manso Pizarro
Zapatero Callado De Francia Trampa Vicente Valiente
De La Cruz Bayse Calva Arroyo Peral Metz Pires Estevez
Àlvarez Manzano Rengel Gutierrez Rebollo Muñoz
Criado Zorrilla Ciepluckowna Nowak Assmann Schneider
Witt Stawienscanka Brodin Graffenberger Lukowski
Schönrock Ruiz Abreu Ferreira Alves Araújo Arruda
Sá Dias Leite Escada Cunha Gago Barros Paes Penteado
Corrêa Oliveira Luz Prado Lemos da Costa Linhares
Lopes Camargo Ortiz Almeida Pimenta de Campos Bicudo
Moraes Cardoso Ribeiro Quadros Sampaio Botelho Bueno
Proença Pompeu Silveira Raposo Leão Duarte Neves
Rego Nascimento Guimarães Pilar Damásio dos Santos
Lima Siqueira Mendonça Rodrigues Jordão Góes Silva
Gonçalves Mallio Martins Pena Miranda Mesquita Pacheco
Pedroso Faleiro Borba Gato Feijó Barroso Jacome Brito
da Veiga de Lara Bayão Carvalho Machado Castanho Taques
Nunes Cabral Barbosa Ferraz Baldaia Pereira Mendes
Harapi Goli Kawar Krasnycia Hrycyk Lemiszka Leminski

ESTRELA Vaquero Notario Pariente Sanchez Martin Luiso Bacas Gordillo Isidro Fernandez Tabernero Cachorro Robles Garcia Rubio Bordallo Peralo Barreña Manso Zazellano De Lucas Carretero Herrero Gonzalez Ribero Perez Lopez Gaspar Bertol Montero Manso Pizarro Zapatero Callado De Francia Trampa Vicente Valiente De La Cruz Bauso Calêa Arroyo Peral Metz Pires Estevez Àlvarez Manzano Rengel Gutierrez Rebollo Muñoz Criado Zorrilla Ciesluckowna Nowak Assmann Schneider Witt Stawienscanka Brodin Graffenberger Lukowski Schönrock **RUIZ** Abreu Ferreira Alves Araújo Arruda Sá Dias Leite Escada Cunha Gago Barros Paes Penteado Corrêa Oliveira Luz Prado Lemos da Costa Linhares Lopes Camargo Ortiz Almeida Pimenta de Campos Bicudo Moraes Cardoso Ribeiro Quadros Sampaio Botelho Bueno Proença Pompeu Silveira Raposo Leão Duarte Neves Rego Nascimento Guimarães Pilar Damásio dos Santos Lima Siqueira Mendonça Rodrigues Jordão Góes Silva Gonçalves Mallio Martins Pena Miranda Mesquita Pacheco Pedroso Faleiro Borba Gato Feijó Barroso Jacome Brito da Veiga de Lara Bayão Carvalho Machado Castanho Taques Nunes Cabral Barbosa Ferraz Baldaia Pereira Mendes Harapi Goli Kawar Krasnycia Hrycyk Lemiszka **LEMINSKI**

quando
a inocênciA
morREu

ILUMINURAS

quando a inocência morreu

Estrela
Ruiz
Leminski

incentivo

Projeto realizado com recursos do Programa de Apoio de Incentivo à Cultura – Fundação Cultural de Curitiba e da Prefeitura Municipal de Curitiba

dedico este livro às mitocôndrias.

a gente escreve o que ouve, **nunca o que houve**

oswald de andrade

quando

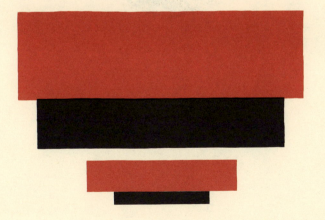

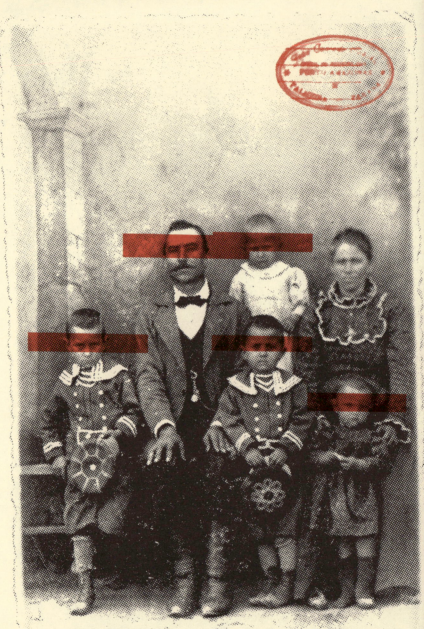

Os maquinistas têm que passar por cima das pessoas. Pedro achava seus colegas maquinistas corajosos, simplesmente porque estavam acostumados. Suicídio, acidente ou crueldade de amarrar no trilho, não havia o que fazer. Mesmo que freassem, nunca daria tempo. Isso só adiava o sofrimento, prolongava os gritos de desespero, causava mais ansiedade a quem assistia. E, aos poucos, eles paravam de frear. Aprendiam a não olhar, fazer o sinal da cruz, cantarolar, a entoar uma reza. A função deles era fazer o trem seguir, não era salvar ninguém. Pedro sonhava em ser maquinista.

Ninguém que soubesse como seria sua morte viveria da mesma forma, ele dizia. O som metalizado da engrenagem.

c   l   i   c   k

O fotógrafo estala os dedos freneticamente para chamar a atenção. Não se assustem com os flashes, depois a visão vai voltando ao normal. O retratista se ajeita dentro do tecido atrás da câmera. Pedro respira e congela o sorriso. A pressa de tirar a foto oficial da família é perpetuar o formato dessa vida, essa configuração, esses filhos. Uma tentativa de eternizar.

O menino mais velho segura a boina pintada grosseiramente à mão. Os traços de tinta branca simulam adornos. São vários filhos meninos. Na imagem, falta apenas Anna, do primeiro casamento, que já tem a própria família. Miguel, José, Ladislau, Antônio. Na foto revelada, escreverá embaixo "Pedro Leminski e família – ano de 1907" como quem sela um formato, delineia um destino.

Abaixa o queixo, diz o fotógrafo. Miguel, o mais velho, se chateia, mas obedece. O fotógrafo vai clicar.

c   l   i   c   k

A fechadura do baú de madeira se abre. De lá, a filha tenta tirar tudo. Não há nada que possa ajudar o pai. A câimbra no peito de Pedro é lancinante. Paralisa seu lado esquerdo. Repuxa seu pescoço. Amortece seu braço. Mão no coração. Olha em volta e aquela mulher de queixo redondo, Catharina. Duas filhas, e o filho mais novo. Deita no chão. O teto de madeira. Pensa em respirar. Pensa em falar. As caras de espanto. Alguém chame um médico. Um cachorro late. Vozes se afastam. Um apito dentro de seu ouvido. É desse jeito que as coisas terminam.

Pedro vive sua morte. Não só a data, mas também o cheiro, a dor, o frio, a visão antes de não fechar os olhos, o parar de ver. Mas isso foi antes. Porque, depois de começar a morrer, ele seguiu sua vida.

c l i c k

Range os dentes. Respira com calma, aprofundando o ar na caixa torácica. Abre os olhos devagar. Estava sentado em frente a várias camas. Já seu filho João era a própria visão do desalento: menino de cinco anos que não brincava. Ardia em febre no canto do ambulatório. Estava isolado dos outros hóspedes, apenas acompanhado de seu pai, Pedro. Entre muitas pessoas deitadas, naquela enfermaria improvisada na hospedaria de imigrantes, apenas uma outra criança, sozinha. Estranhou, mas não perguntou nada. O garotinho choramingava uma língua que ele nunca tinha ouvido.

Pedro estava com medo. Tinha sonhado ali no navio com a própria morte? Um sonho tão real? Ou por receio de João? Era mesmo um sonho?

Uma das memórias de infância mais vivas de Pedro era a morte de seus avós. Eles recebiam a família toda no Natal, como era de se esperar. Em um ano que vieram todos de longe, a nevasca foi sobrenatural. Todos se prepararam durante semanas para viver aquele encontro. Fizeram salsichas, bebidas, queijos, compotas: doze pratos, como manda a tradição. Tudo pronto. Na manhã do dia 24, a *Babka* não acordou. A família ficou enfurecida. Que ela não estragasse a própria festa. Era muito a se resolver, muita discórdia, mas a tradição dizia que no Natal não se pode discutir. A tempestade de gelo não cessava, o chão petrificado era impossível de cavar. A família não teve dúvida: botou a velhinha para fora pra que se conservasse na neve e comemorou até o Ano Novo. Para só daí, então, começar o ano com velório. E depois, o luto. O luto do vô passou a ser uma despedida da família todas as noites, esperando que fosse morrer. Toda manhã acordava indignado.

O primeiro contato de Pedro com a finitude foi quando percebeu que um dia a sua chegaria. Que não fosse dessa forma, que fosse um sonho, que fosse pelo balanço do navio, tem isso: a morte, ela vem.

A viagem de navio foi monótona e nauseante. O menino mal conseguia se alimentar e isso não ajudava em nada seu quadro de saúde. A fila do cadastramento era infinita. Alguém ainda comentou que pelo menos chegaram ao destino certo, que seu primo comprou passagem pra São Francisco nos Estados Unidos da América e foi parar em São Francisco do Sul. O moço repete várias vezes o seu nome depois de tentar decifrar qual grafia era certa. Mishka? Lemiszka? Lemisko? Lemiezka? Registra Leminski no documento do Pedro, já tinham outros inski e era mais fácil de escrever e pronunciar.

O menino mal aguentava em pé e dali, da chegada, foi direto para a enfermaria. Lá faziam rondas. Uma mulher fez uma pergunta. Mesmo sem entender nada, João fez que sim. Um sorriso daqueles só podia estar perguntando algo contundentemente bom. Alguém consegue sorrir bonito e bobo? Boba é

Ordem	Nomes	Idade	E. Civil	Religião	Nacionalidade	Profissão	Observação
1854	████████	6 ann	H. Blain	batterd	Polaco		chegado em 9 de Outubro de 1855
1855	████████	18	Viuva				
1856	████████	32	Casado		Russo J.		
1857	████████	31	"				
1858	████████	44	"				
1859	████████	37	"				
1860	████████	13	J.				
1861	████████	12	"				
1862	████████	8	"				
1863	████████	4	"				
1864	████████	46	casado		Russo		
1865	████████	31 ann	casad		"	Lavrad	chegado em 28 de Setembro de 1885
1866	████████	31	"				
1867	████████	4 mga	V				
1868	████████	45 ann	casad		"	lavrad	
1869	████████	40	"				
1870	████████	23	J.				
1871	████████	20	"				
1872	████████	17	"				
1873	████████	17	"				
1874	████████	5	"				
1875	████████	3	"				
1876	████████	32	casad		"	Lavrad	
1877	████████	30	"				
1878	████████	6	V				
1879	████████	7	"				
1880	Pedro Leniesska	39	casad		"	Lavrad	chegado em 25 de Setembro de 1885
1881	Parania	39	"				
1882	Anna	12	V				chegado em 9 de Outubro de 1885
1883	████████	44	casad		"	Lavrad	
1884	████████	44	"				
1885	████████	20	V				
1886	████████	17	"				
1887	████████	17	"				
1888	████████	9	"				
1889	████████	7	"				
1890	████████	41	casad		"	Lavrad	

a felicidade de quem nunca viu a guerra. Responde a João enquanto apaga a lamparina. Vira o botão.

c l i c k

Abre os olhos. Acorda em Narajów, ofegante. A paisagem é extremamente familiar com o lugar onde tinha falecido. É uma casa de madeira, o campo. Mas ali é jovem e casado com outra, uma moça de olhos claros e queixo pontudo chamada Parania. Ela dorme ao seu lado.

Não é sonho. Está vivo. Bem vivo. E, se já sabe como tudo terminará, pode tentar evitar.

Parece estar tudo bem: não é ela. Ou melhor, é ela sim, sua esposa. Dois filhos, Anna, ainda criança, e João, recém-nascido. Está perfeito. Apenas o lugar é parecido demais com o pesadelo vivido. Talvez o problema seja aquele lugar. Tudo mais ele pode mudar. Apenas não pode ficar ali, onde tudo pode se desdobrar daquele jeito, naquela morte.

Recebeu notícias — do outro lado do oceano, Nossa Senhora de Częstochowa abençoou os rios, jorra leite e mel, e nessa região do Brasil tudo é possível de ser plantado. Sabe que receberão imediatamente: moradia, sementes, ferramentas e a terra, claro. O fato de ele não ser agricultor não será problema. Já será uma vida. Passa na igreja para buscar os documentos do batizado dos dois filhos.

Outra boa motivação é saber que não verá mais as pessoas da vila. Um clima de que Pedro teria sido culpado pela morte da mãe sempre pairava no ar. É isso que seu pai, que o criou sozinho, dava a entender, e Pedro acha que, no fundo, os vizinhos concordavam.

Para quem se lança no planeta, paisagem não tem fim, pensa. E se é infinito o horizonte, o tempo só pode ser esse. Essa versão de tudo provavelmente é a real. Se durar para sempre assim, tudo bem.

No navio, abraça a mala até sentir com os dedos o formato do livro. Poemas de Adam Mickiewicz. É pesado. Melhor que pedra. Seu pai colecionava pedras. Coleção inútil. Ficou para trás. Que os vizinhos façam o que quiserem. Fecha a mala. O trinco velho e seu som familiar.

c   l   i   c   k

Puxa o fio. Acende a luz para ficar olhando a foto "Pedro Leminski e família – ano de 1907". Todos imóveis. Suas mãos, espalmadas nos joelhos, não mostram as cicatrizes. O ato de prender a respiração, instruído antes do retrato, é evidenciado pelo bebê Antônio, que obviamente não obedeceu. De vestido, um aninho, em pé, mexe a cabeça. Seu rosto nunca será registrado. Apenas um borrão e sua inquietude natural, porque um cachorro latiu, a campainha tocou. No quadro, uma vaquinha, uma borboleta, alguém chamou. Ou nada.

Teve a ideia de que usar a máquina fotográfica sossegaria o tempo. Pedro estava animado com a novidade de ter uma fotografia, eternizando do jeito que ele queria. Nenhuma filha mais nova. Registrado como deveria ser. Nada que sequer remetesse ao pesadelo de morte. Nele, morria de infarto, esposa velha desdentada, filhas atônitas tentando acudir. Mas, na foto, só filhos homens. Não existiam aquelas duas filhas. Aquilo podia ser um aviso. Um sonho. Havia de ser evitável.

Sua vida parecia estar vindo em saltos desde a doença do filho

pequeno, João. João morreu sem diagnóstico e ele se perguntava se eram duas facetas da mesma doença misteriosa. Não por ter febre. Uma vez que o menino João era pequeno, parecia viver linearmente, porque não tinha muito o que saltar. Não sabia dizer se sempre foi assim ou se os saltos eram tão distantes que ele só reparou naquele momento, porque soube como ia morrer.

Ele já tinha constatado, mas não tinha como explicar: agora vivia sem nexo temporal. Ia e voltava sem motivo ou aviso. A não ser por um barulho. Um clique. Tudo mudava radicalmente. O medo de cair de novo no momento de sua morte lhe tirava o sono. Dormia de exaustão e passava o dia da mesma forma.

Isso tinha várias implicações. Muitas vezes, não tinha certeza se tinha vivido ou sonhado. A bebida era o maior álibi. Assim como boa parte de seu salário. A qualquer coisa absurda que lhe dissessem, se fingia de bêbado.

Trabalha de sol a sol. Ou melhor: de chuva a chuva. A tal da terra doada no Paraná tem um custo alto. Começa com dívida. Prometeram roça, sementes, ferramentas e reembolso da viagem. O reembolso é negado. Mais de uma vez. Não adianta gritar, discutir, ameaçar. Isso só rendeu a Pedro a antipatia do chefe da companhia de colônia. O resto ele ganhou, mas só pra começar. Todos os mantimentos são vendidos obrigatoriamente pela mesma companhia. Caríssimo.

Por isso, vai trabalhar na linha do trem. Verificando os dormentes. Ver se têm pedras embaixo do dormente e coisas assim. É o progresso em cima das pessoas. Pessoas dormentes. Pedras que não se mexem. Mas ambas, às vezes, pulam na linha do trem. Entre uma linha e outra. O trem passa rápido na estação.

Deve ser para apreciar a paisagem; quanto mais amplo o horizonte, mais o tempo passa devagar. A vida parece lenha dentro da maria-fumaça. A labareda é silenciosa.

c   l   i   c   k

O vagão engata e ele parte de Curitiba de volta pra casa. Conseguiu resolver as coisas da mudança de Turma e de estação, depois que desviaram os trilhos.

Está ainda impactado com a notícia que vê no Centro — a grande guerra chegou à sua aldeia. A devastação é tão grande que transformaram o lugar em verbo: *naraiavar* passou a significar "destruir um lugar". Quem terá sobrevivido dos antigos seus.

Pela primeira vez, fica em paz de ter atravessado meio mundo, passado o que passou e até ter o sobrenome completamente desfigurado pra parecer mais com a polacada que já estava por aqui. Ainda é assombrado por sua morte iminente, mas, a partir de agora, está no lucro. Agora. Qual agora?

A iminência da guerra mudou todas as fronteiras, acordos, paisagens. Desde a sua chegada, a cidade mudou rápido demais. Muita gente vindo. Caras distintas, línguas estranhas, todas se encolhendo da mesma garoa cortante. Quinze anos passados e a cidade já tem gente do mundo inteiro, vivendo suas banalidades, seu cotidiano transposto. Os totalmente adaptados, outros ainda indignados com as surpresas, convivendo com os recém-chegados cheios de esperança deslumbrada. Ciganos por todos os lados. Mais um tanto de gente de passagem. Babel é ali.

Só no trajeto até a estação encontra um casal de alemães com cinco filhos alegando que deviam ter ido para São Paulo, mas foram enviados a Curitiba por engano, também vê uma espanhola entrar de bar em bar procurando o marido, um português no cortejo fúnebre da esposa grávida. Todos esses problemas nunca serão de Pedro: ninguém ajudou a ele nem aos seus quando precisou.

Isso de misturar esse tanto de gente só podia dar uma confusão dos diabos. Juntava tudo na feira do Centro, dava briga e até morte. Quando proibiram de fazer festa na rua, Pedro achou bom. Aquele bando esqueceu por que tinha vindo. Era pra trabalhar, não pra passeio. Agora que ele sabe que talvez não tenha muito tempo, quer focar em ganhar algum dinheiro. O quanto antes. Adormece no vagão que chacoalha.

c   l   i   c   k

Um brinde. Quando se casaram em Jaworów, lembra, teve *oczepiny*: cortaram o cabelo de Parania e lhe colocaram um chapéu. Parania só chorava. Que cerimônia! Passavam frutas entre os convivas sem usar as mãos. As tias passavam maçãs pela dobra dos joelhos até a nuca dos sobrinhos. Constrangimentos e risadas garantidas. Desmaiaram de cansaço, bebedeira e vergonha. Acordaram no outro dia e recomeçaram a festa de onde parou, com toda pompa e fartura. Se passassem mal, apenas eram puxados para o lado de fora para que dormissem. Quando acordassem, voltariam ao rebuliço sem remorso. Durante três dias.

De tão distante, essa realmente parece outra vida. Ali na Lapa não tem nada disso.

Quando Parania faleceu, Pedro buscou logo outra esposa. Mas teriam que aceitar um viúvo pobre com fama de bêbado.

Na missa de sétimo dia de Parania, repara em uma família recém-chegada. Eslava, simpatia alguma, mas honesta. Avós e netos, pois os pais são falecidos. A mais velha já passou da idade de casar. Tem o rosto redondo. Assim, propõe ao irmão de Catharina. Pedro tem trabalho garantido na região e uma filha pra cuidar.

Atravessam a praça em um domingo, entram na igreja. Em respeito a um ano de viuvez e aos tempos difíceis, não há festa. Vão pra casa, Catharina desfaz a mala, cobre com o tapete a mancha de sangue no assoalho de madeira. Ela se acha onde têm as panelas e vai preparar a janta no fogão. Coloca mais lenha.

c l i c k

Engatilha. Atira. Corre. Atira. Esconde. Guerra. Voltou para o meio da guerra. Estava repetindo o que já viveu: se lembrava de tudo. Foi espiar seu amigo Ignacy sair de trás da casa e dar de cara com um deles. Ignacy não teve coragem de atirar. O deles tinha coragem. Viveu de novo a guerra. Essa reguerra. Reatira.

Ele se abaixa atrás da carroça. Vão chutar a porta, ouvir os gritos e os tiros, sobrando só os choros, tiros e depois silêncio. Eles vão seguir reto, vão matar o padre, queimar a igreja e saquear a próxima casa. Jogar as crianças vivas no fogo. Ressilêncio. Ele vai correr pro mato, coração batendo na garganta, respiração ardendo, cabeça pulsando, agacha. Foge. Na primeira respirada decente, vai ter consciência do tamanho da sua covardia. Reconhece o tamanho da sua vontade de sobreviver. Deve seguir escondido para participar de todo o trabalho que vão ter para reconstruir a vila, enterrar os mortos, lidar com o luto coletivo. No enterro, mães gritando como se estivessem reparindo.

Na guerra, o juízo final é fortuito. Não existe bom ou mau, não é porque Deus quis. O encontro com o purgatório é porque deu na telha de um energúmeno. Ou só porque alguém armado estava passando ali. Azar de quem tem casa mais à vista dos olhos que só enxergam ódio.

Não adianta nada ser uma pessoa boa. Tem que atirar primeiro, é preciso sempre reagir.

Relembra a cena que ainda virá: todos à noite no cemitério

e tantas velas quanto uma galáxia. Recolherão pertences em silêncio. Vão se recompor, refazer a vila, ter forças para cuidar dos sobreviventes, que serão sempre relembrados como sobreviventes. Recolherão a raiva em silêncio. Terão como revidar? Não lembra. Do seu pai vai sobrar apenas a coleção de pedras e livros.

Foi o próprio que o ensinou a atirar ainda cedo. E, junto dessa lição, a frieza de matar. O pai de Pedro e seu vô assassinaram o amante de sua vó. Seu vô era muitíssimo mais velho que ela. Chamaram o menino porque era função dos homens da família, para manterem a honra.

Entre árvores, viu um a um dos seus caindo. Diferentemente da primeira vez, sabia que não era ali que morria. Ele lembra que escapava escondido na floresta.

Mas, agora, um deles surge na retaguarda; algo mudou. É levado para dentro da casa — uma pilha de corpos, de seus outros vizinhos. Atiraram em todos. Pedro leva um tiro no ombro e se finge de morto. Seus vizinhos olham inertes, ainda desacreditados da própria morte. Sente saudades do Brasil. Já não sabe se está pensando, alucinando, sonhando, revivendo, em polonês ou português, mas sabe que não faz diferença. Precisa esperar eles saírem para tentar reagir. A casa começa a queimar. Terá que se desvencilhar dos cadáveres dos vizinhos rapidamente. Mas só arrisca abrir os olhos quando ouve os cascos dos cavalos batendo no chão.

c l i c k

A garrafa em sua mão esbarra no túmulo, constrangendo as pessoas em volta. Da vida não se escapa de três coisas: do amor, da morte e de estar bêbado. E qualquer uma serve de fuga para as outras duas.

Miguel morreu. Não resistiu ao acidente na linha do trem. A

NAR

DEREWO

JEREWO

seu lado, Catharina, totalmente muda, parece uma morta-viva. A cova era nova. E tudo parece absurdo demais: um dia normal, sol, calor. Passarinhos cantando de maneira desrespeitosa. Pra fora do muro, recomeçaria o inferno de viver. Ali dentro do cemitério, tudo faz mais sentido.

Lado a lado, alguns vizinhos, Catharina e os outros filhos sobreviventes (agora, mais duas pequenas). Menos Anna.

Anna sumiu, fugiu. O casamento deu errado e ela se acovardou, deixando os filhos para trás. Isso não era mais problema dele, o marido que tomasse as atitudes cabíveis para sua honra. E ela que não voltasse, para ele não morrer de desgosto.

Ao lado, outro coveiro cava e guarda os ossos na lateral da sepultura para liberar espaço para um outro enterro, no mesmo dia. A família é de uns italianos encrenqueiros. O sobrinho matou o tio para ficar com o terreno. Mas, mesmo depois de todas as desavenças, terminarão em um terreno só. Família é com quem misturamos nossos ossos, diz o coveiro soltando a alça do caixão.

c l i c k

Ele quebra a flecha cravada no peito de Parania. Ela ostenta seus fixos olhos claros para o teto. Se não fosse a fronteira de ripas de madeira, aquele azul se mimetizaria no céu. Ele nunca ficava fora tanto tempo e bem naquele dia tinha ido à cidade para resolver a distribuição das terras. Os terrenos eram de mata virgem, não havia nenhuma casa pronta.

Eles terão que preparar tudo. Tudo diferente do prometido e agora sem passagem de volta. Enquanto isso, ficaram instalados em um galpão improvisado. Os botocudos atacaram o barracão e mataram Parania. Por sorte, Anna tinha ido com ele. Disseram que o problema era que a terra doada aos colonos era dos indígenas, eles que estavam antes da chegada. Já tinham até dado outras, os indígenas que não gostaram. Como se precisassem gostar, já que tudo era mato igual. Vão dizendo. Foi ataque pensado. Sabiam que só haveria mulheres e crianças. Os vizinhos começam a armar um ataque de vingança. Nem pondera. Sai de rifle engatilhado.

c l i c k

A bacia de metal bate na mesa e Pedro é deixado ensanguentado na cama. Está ao lado de uma mulher deitada. Se sente nu. Seu peito arde por completo, sente vontade de gritar, mas o som é inaudível. Ela é gigante, tão grande que ele mal consegue enxergar o todo. Sua vista está embaçada. Tudo é enorme. Deitada de lado, ela coloca um seio do tamanho de sua cabeça pra fora, enfia o bico em sua goela. O mamilo é do tamanho exato de sua boca. Sua fome é imensa e seu frio também. Nada mais importa, a não ser aquele líquido quente que entra pela garganta e dá vontade de dormir. Alguém fecha a porta.

c l i c k

Chuta uma pedra porta de madeira afora. Caminha devagar, estalando o assoalho enquanto toma sua vodka de depois do almoço de domingo. Alisa a foto. Lá está quase sorrindo. O olhar triunfante de sim, eu venci é uma expressão estúpida, que chega a debochar de si. Catharina, sua mulher, é visivelmente mais nova. Ela está séria. Na foto, faltam os filhos mais novos, que nasceram depois do registro. Para piorar, Catharina, agora desdentada, está ficando muito parecida com a mulher que fica atônita quando ele morre. Ele chega a pensar em voltar à Polônia, uma vez que o destino está se cumprindo. Mas não tem dinheiro. Não quer aceitar o fato. Sobra a foto.

Quando sua primeira filha com Catharina nasce, prefere passar as madrugadas no bar. Não pode arriscar ter mais uma filha mulher e exatamente aquela cena se concretizar. Duas filhas caçulas o acudindo no leito de morte. Assim, bebe cada vez mais.

No boteco de esquina da cidade da Lapa, ele fica horas sozinho no balcão. Às vezes, chega a fazer as pazes com a própria morte. Foca em pensar outros pensamentos, reparando nos outros bêbados, suas chatices, dramas e histórias. A cidade da Lapa é na fronteira do Paraná com Santa Catarina. Parania e Catharina. Viver na fronteira é sina de alguns.

Catharina tem seus truques e suas resistências. Todo dia de pagamento, já que o marido chega bêbado e agressivo, ela leva pro campo todos os oito filhos. Os mais velhos vão logo aprendendo a lida. Quem tenta proteger os outros apanha em dobro. Para os mais novos, ela prepara uma trouxinha de açúcar embebido na cachaça. Serve de chupeta e é jeito fácil de eles pegarem no sono.

Não se entende muito do que Catharina diz. Como resmunga mais do que fala, ainda bem que fica a maior parte do tempo quieta. Pedro, quando está em casa, é tudo silêncio. Ela às vezes se diz polonesa, às vezes austríaca e solta um *Babushka* quando fala de suas avós.

Minha pátria é que é essa que não tem jeito o resto não lembro muito porque mudou tudo e que também não conheci muita coisa antes de sair de lá e disso de Prússia Áustria mesmo não fiquei sabendo não é pra mim essas coisas que ninguém chamava desse jeito não faz diferença porque quando casei com meu marido virei polonesa e pronto mas chamam de russa também que aqui é tudo alemão então não tem problema tanto faz saber nome da aldeia não me serve pra nada agora.

Catharina dispara a falar tropeçado se Pedro não está em

casa. Quando ele chega, qualquer gesto, ação ou palavra é feita após a dele, com o aval dele. Não vai se arriscar com alguém que matou o próprio cachorro a pancadas na frente dos filhos.

E, mais uma noite, Pedro chega tarde. A cama quentinha, e Catharina, que já tinha dormido, lua alta, torce que não seja dessa vez que ela engravidará de novo. É obrigada a dormir sem calcinhas. A acordar quando Pedro chega. Antes de tirar a parte de baixo da roupa, como sempre, ela aperta as costas da mão e estala os ossos dos dedos, como sempre.

c l i c k

A mãe de Pedro fecha a porta. Tekla, igual à santa. O nome é católico, porém sua mãe é mais como uma bruxa, que faz umas *herbatas* quentes pra tudo quanto é perturbação que familiares e vizinhos têm. De hortelã pro estômago, boldo pro fígado, preto pra diarreia. Mas têm também coisas que se tomam pra pesadelo, lua cheia, arrepio na espinha, dor de amor e até pra sumir assombração. Umas são de tomar, outras de jogar na cabeça, outras ela faz e deixa na madrugada pro lado de fora da porta.

Tekla acorda cedo para colher cogumelos e fazer conservas. Distribui em potes com tecido decorado, com identificação da espécie. Coleciona pedras lindas de âmbar, com bichos e folhas dentro. Os bichos e folhas são do tempo das deusas, dizia ela.

No primeiro dia de primavera, é festa pra deusa da morte e do inverno. Marzanna é recriada como uma boneca gigante de madeira e palha. Depois se ateia fogo e a afogam. Não se pode tocar na deusa quando ela estiver na água, ou a mão seca. Não se pode olhar para Marzanna, ou a família adoece. Nunca.

Tekla promete que, no dia seguinte de Marzanna, vão buscar cogumelos, pois a chegada da primavera é a melhor época.

Pedro chega agarrado à saia da mãe acompanhando tudo, curioso. Depois, é deixado em cima de uma árvore para conseguir assistir, acha tudo muito bonito. Devido ao querosene jogado em Marzanna, ela ainda pega fogo, mesmo na água. Ele fica encantado achando que é algum truque, desce os galhos e vai em direção à massa enorme e contraditória. Tekla não vê que o menino entrou no rio e, gritando, o recolhe em meio às chamas. Por sorte, o menino só queima as mãos. No dia seguinte, Tekla não acorda, seus olhos abertos e secos como o estalar da palha de Marzanna.

click

Miguel quebra o graveto que tem em mãos. Se encolhe sempre que seu pai se aproxima. Sabe que dele pode esperar porrada a qualquer momento. Pode esperar qualquer coisa.

Pedro não se acostuma com os saltos, mas até gosta de ter consciência de todas as suas idades. Detesta desconhecer onde vai parar, do tempo que precisa para entender onde está. O barulhinho estalado que antecede o pulo lhe dá ansiedade. Mas saber de tantos formatos seus o orgulha, de voltar no tempo e pensar que vai vencer na vida, que vai sobreviver, que vai resistir às maiores adversidades. Sabe, menino, você vai aguentar sua família. Sabe, moleque, você vai perder todos que ama e vai se refazer. Vai morrer velho. Desde quando estava na barriga de sua mãe, enfrenta guerras. E se já sabe que vai morrer de velhice, vai que consegue manipular esse resultado. Por mais que essa nova realidade pareça cada vez mais próxima do seu fim, tem que tentar. Pelo menos um fim mais digno, mais próspero. Prosperando, consegue viver mais. Ir mais longe. Adiar a morte. Já fez a foto. Vai usar seus filhos na tarefa. O resto não é *problemu* seu. Sua preocupação é que a profecia nos nascimentos está se concretizando. Primeiro, o nascimento do filho homem caçula, depois uma menina. Estava tão confiante de parar por aí que deu o nome de Vitória. Mas Catharina está grávida. Não. Ainda estará o destino em suas mãos. Ele fará valer.

Pedro repara que Miguel, o mais velho, está reforçado já, fazendo serviço de homem.

Amanhã você começa a me ajudar no serviço.

Tak.

Gratulazye! Perpétuo, superior de Pedro, parabeniza. Esfrega a mão espalmada no topo de sua cabeça, que se volta para o chão, bagunçando os cabelos do menino. Acha um piolho e, sem cerimônias, esmaga com a unha.

click

Ele estala o dedo como quem diz Eureka.

Parania é até bonita. Alta, loira, quase ruiva, olhos claros como o mar, azuis e bonitos como a noite. De Catharina ele gosta porque avista por cima dela. Basta um olhar torto para ela ficar ainda menor. É triste de tão muda. Tem o queixo fino, é bem jovem, olhos caídos na lateral, muitas rugas no pouco que ri. Tímida.

Muitas vezes, chama Parania no costume e vem nas palavras Catharina. Antes de terminar a frase, ela olha com desgosto resignado. Ele corrige logo, como quem finge gagueira, para Santa Catarina. O mesmo acontece quando chama Catharina de Parania e logo finge bebedeira e diz Paraná. Durante um tempo, inventou que substituía seus nomes pelos lugares em que haviam morado, no que obviamente não acreditavam. Mas também não questionavam. Por fim, descobre a solução da questão: chamar elas todas de mulher.

click

Os talheres caem no chão. Pedro também. Ele olha fixo a filha mais nova. Ajoelhada, ela retribui o olhar. Mas é outro. Sente uma angústia sem tristeza. Narajów. A mulher Catharina, sentada, segura a cabeça com as mãos. Lapa. A outra filha a consola. Parecem paralisadas. Parania. A caçula, que procurava algo no baú, parece que desistiu. O trem apita. Desiste porque quis ou porque nada ali resolveria um coração que parou de bater. O maquinista segue. O baú com suas ferramentas, sua coleção de pedras e a foto. Mais uma guerra perdida. Pensou, ali tem só minhas memórias. Fim da guerra. Se pergunta se a memória pode não passar de um objeto.

O último minuto se passa.

A partir daí, tudo será esquecido. Só sobram papéis para contar a história. Para seus descendentes, Pedro vai viver na ordem da descoberta de seus documentos.

Guardam todos, fora de ordem, em uma pasta. Click.

REPÚBLICA DOS ESTADOS UNIDOS DO BRASIL

REGISTRO CIVIL

Estado de **Paraná**
Comarca de
Município de **Porto Amazonas**
Distrito de **Porto Amazonas**

CERTIDÃO DE ÓBITO

Oficial **vitalicio** do Registro Civil

CERTIFICO que sob o n. _____, a fls. _____ do livro n. __1__ registro de óbitos, encontra-se o assento de **PEDRO LEMINSKI** _____ — falecid○ aos **19** de **Abril** de **1928**. **3** horas e ____ minutos, _____ em **Caiacanga, Munº. de Lapa**, sexo **masculino**, de côr ____ profissão **Emp. Férroviario** ral de **Plonia** ciliado em _____ sidente **em Caiacanga** **62** anos de idade, estado civil _____ filh○

D.

○ sido declarante **o Snr. Paulo Leminski** ____
ito atestado pelo Dr. _____
deu como causa da morte: **Faleceu sem assistenzia médica**.
sepultamento feito no cemiterio **de Pôrto Amazonas**.

Observações:

O referido é verdade e dou fé.

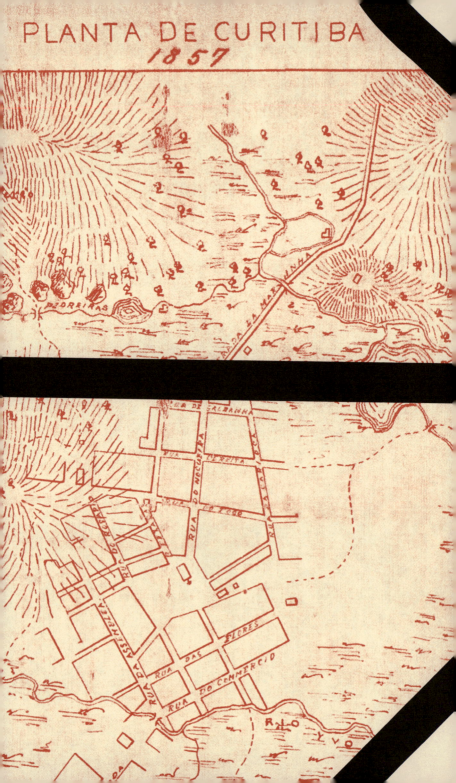

Hoje acordei com um avião mugindo. Ele passa aqui em cima de casa, todo-santo-dia. Não é dos modernos, desses auto-dirigíveis. É um modelo antigo, comandado por mãos humanas. Uma aeronave que ruge no céu, trem de pouso enferrujado, uma retumbante ponte aérea. Pulei da cama com o coração galopante, pensando em você.
___Olha, eu tô perdida, mesmo. Eu apaixonada, você indo embora. Eu apaixonada por você indo embora. Pena que só te conheci quando você já estava com essa sua decisão, de partida. Amor com prazo de validade. Ou foi isso que eu mais gostei. Talvez eu seja apaixonada justamente por essa versão de você. Essa versão indo. Essa versão que aproveita cada momento. Esse você, que será em outro lugar.
___Desde que comecei a pesquisar esses porões, acho que tudo é um padrão. Essa habilidade de ser eficaz e incrível no fim do amor, no fim dos tempos, no fim do mundo, no fim de um prazo. Somos ótimos, damos o máximo, cobramos o mínimo. Eu apaixonada por você-indo-embora é um padrão.
___É um pouco a história de todos os meus amores. Porque sempre morrem do anseio de acabar. Erramos por não saber quando e como esse fim. Evitamos intensidades. Evitamos passos antecipados. Evitamos proximidades. Evitamos. E fim de vez. Se não existe esse freio, é só amor mesmo.
___Mas você sabe bem que não sou de ficar parada, esperando. Não hei de ser Penélope de Ulisses. Antes me sentisse apta a penelopar. Vinculada à tua espera. Aguardar é uma forma de ainda estar junto. Mas é estar casada com a tua ausência. Pensando bem, enquanto Penélope tece a colcha lá na dela, eu estou te escrevendo. Vai ver sou isso. Luiza Penélope. Como um sobrenome que você não me daria. Luiza de Você. Vou tomar uma atitude, ainda não faço ideia de qual, pra gente viver o que ainda vai, precisa, quer viver.

/////////////

___Só não sei responder à pergunta do Neruda: sofre mais quem espera sempre ou quem nunca esperou ninguém.

• • •

___Pensando naquilo que você me falou há tempos, sobre uma jornada de autoconhecimento, pesquisei todas as mais novas antigas técnicas milenares do momento da última semana. Me interessei pela constelação familiar com cavalos: técnica que foi moda nos anos de 2020, mas meio que sumiu.
___Um misto de faroeste com busca interior. Embora interior seja uma palavra que serve para ambos os casos. Sentei numas cadeiras de plástico, tentei não ficar olhando para as outras pessoas. Se estavam ali, talvez tivessem problemas psicológicos sérios, paranoias, depressão. Tive medo de me conectar a qualquer uma delas; causar algum distúrbio ou, ainda, simplesmente mergulhar por descuido nas suas tristezas.
___A sessão da primeira paciente correu de maneira tranquila: a questão era a ausência do pai, o cavalo macho se colocou de costas, sua mãe ficou de cabeça baixa. E outros cavalos, que pareciam significar os avós, tinham a mesma representação: pai ausente, mãe superprotetora.
___Achei até graça atravessar uma estrada de terra e pagar essa grana toda pra ver o óbvio. E óbvio que o bizarro se passaria comigo./ / / / / / / / / / /
___Minha vez. Levantei e fui caminhando devagar para a arena. Nem pensei tanto nas minhas questões, porque estava encantada com os quadrúpedes, os músculos, o desenho dos pelos nos movimentos, os cheiros, seus olhos gigantes, suas reações. Bem coisa de quem cresceu na cidade. Assim que disse meu nome, imediatamente todas as éguas vieram em minha direção. Formaram um círculo.

////////////////

Me olharam fixo com seus olhos redondos e bufantes. E nada mais aconteceu. Apenas ali. Não adiantava falar os temas, nomes, sentimentos, xingamentos, o raio que o parta. Tentei me mover no espaço. Chocada pela reação tão peculiar dos animais. Elas me seguiam e reproduziam a mesma forma. A voz do terapeuta me encorajava, mas ele próprio estava tão atônito quanto todas as outras pessoas, já tão habituadas a terem histórias repetidas em suas constelações com cavalos. Eram narrativas sempre banais.

___Você geralmente se identifica com o que acontece ali, cria conexões, faz seu significado acontecer. Dessa vez, não. Quando me movia, ficou claro que as éguas não me ameaçavam, não se subordinavam, não abaixavam a cabeça, não batiam as patas no chão. Apenas um círculo, perfeito. Me reconheciam. Me olhavam nos olhos. Não posso dizer de maneira tranquila, pois estaria atribuindo feições faciais a cavalos, percepção que ainda não desenvolvi. Nem mesmo o treinador deles. / / / / / / / / / /

___Ele tateou um diagnóstico. Algo comigo e com as mulheres da minha ancestralidade. Minha questão não estava respondida. Acho que fui em vão. Era tudo o que eu não precisava, a essa altura do campeonato, ficar preocupada com pessoas falecidas, das quais só terei acesso a fatos e dados.

___Voltei pra casa e busquei meus antepassados. Mas uma árvore genealógica não é frondosa. Ela começa com quatro galhos compridos, meio secos. Buscamos sobrenomes e vamos perdendo os frutos dos ramos femininos. Sempre faltam: etnias, parentes, culturas, línguas e mandingas.

//////////////

As mulheres vão desaparecendo, o que significa que elas morreram três vezes: primeiro o corpo, depois quando não falam mais sobre elas e, em algum momento, a terceira e última morte é quando ninguém mais escreve seus nomes.
___Todas as pontas dos lados masculinos mais firmes. Fui seguindo esse leque quebrado, pulou na minha cara o nome da minha tataravó. Luiza, assim como eu.
___Nunca soube porque diacho me deram o nome de Luiza. Coincidência ou homenagem pra ela. Falamos errado. Tataravó não existe: é tetravós e vem depois de trisavó, palavra que a gente nem usa.
___Geralmente, os nomes das meninas saltam de avós para filhas. Pra mim, foi dessa tatara aleatória. Nomes que não saltam como seixos no lago são os dos meninos. Fulaninho Júnior. Sicrano Neto. Isso pro bem e pro mal. Que nome é sina herdada através das sílabas.
___Revirei tudo aqui, procurei papéis, computador, arquivos. Luiza é vó da minha vó que queria ser escritora. Ela pesquisou a família uma época, disse que ia fazer um livro, acho que desistiu da ideia. Tem vários comentários, listas, palavras soltas e agora eu aqui com esse quebra-cabeça. Não conheci essa vó quase escritora, mas tive que lidar com a semelhança dos traços. Minha vivência é com algum tipo de saudade que os parentes tinham dela. Me olham como se isso validasse algo. Só não sei o que é isso, muito menos o que é o algo. Fala que nem a vó! E a risada, então?! Ah, saudosa!
___Lá vou eu agora consolar pessoas e suas faltas. Nem consigo dizer se é herança ou falta. Falta é quando já houve. Ausência é balaço. O buraco de uma vó que eu não tive vai ser preenchida pela minha existência. Não pra mim, que tenho essa ausência tão presente. Não consigo completar sua história. Se era feliz. Se tinha uma

/////////////

vida comum, de mulher antiga. A vida
complicada seria tão mais simples.
___Quando reviro o baú de parentes, vou
encontrando fragmentos que me trazem
outra narrativa. Na foto, que sempre
esteve pendurada na parede, conheci
minha vó quando ela já era vó. Anos depois, me deparei com o documento de óbito
dela. Depois, vi um álbum de casamento. Dias
atrás, um primo enviou fotos dela bebê. Ela era
vó, depois morreu, depois casou, depois nasceu. Ela viveu nessa ordem. Pra mim. Se não soubesse seu nome e
nenhum relato, dentro de mim talvez ela nunca nascesse.
___Mas voltando à tatara-tetravó-xará: Luiza veio casada,
então, já só com o sobrenome do marido. No navio, virou
Louise. Não tem onde ela nasceu. Nem pelo primeiro nome é fácil, porque é um nome traduzido e, dependendo do lugar onde
nasceu, era Luise, Lovisa, Ludwika. Quanto mais o navio se
afastava, mais ela aprendia coisas, vivia e mudava. Mudava
tudo, até o nome. A família adorava dizer que meu trisavô
nasceu lá na Alemanha. Isso achei nos documentos: só se for
a Alemanha ali de São José dos Pinhais. Coisa bem típica
daqui, adora se dizer capital multicultural dos europeus. E
no pacote dos europeus constam só uns quatro países: Itália,
França, Alemanha, Polônia. Sendo que, naquela época, esses
países mal eram esses países. Ou já tinham sido vários. O
que dizer dos moldavos, que todos aqui chamam de alemães,
mas são romenos migrados pra Áustria e dali enxotados?
___Desconfio mesmo: aqui tem a expressão ficar de varde.
Vurdon significa vagões, aquelas carroças ciganas. Ficar de
varde. É de se pensar por que eles vieram. Ou o perrengue era
grande, ou algo horrível faziam, fizeram. Não se atravessa

/////////////

um oceano sem a perspectiva de voltar. Tachados, bandidos, condenados, perseguidos, bruxos. São esses que chamamos de imigrantes europeus. Não se sabe se uma pessoa é cigana pelo sobrenome, nem pelo país, e sim pela língua que ela fala. O território deles é a palavra. Uma língua-pátria-língua.

___Mas mesmo que até tenham esquecido que são ciganos, está lá no sangue. Eu tenho essa mania de colecionar as penas que eu encontro. Parece que é uma tradição cigana. Me sinto cigana, um pouco. Já que tem gente que é e não se considera, vou compensar. Eu nasci em Curitiba, então posso me considerar o que eu quiser, que ninguém estranha. A não ser que eu seja simpática, aí sim.

___No século passado, em 1910, esta cidade era o lugar com a maior chegada de etnias distintas na mesma década, ao mesmo tempo. Esse Brasil diferente apenas porque a gente sabe pronunciar os sobrenomes daqui. As pessoas se odiavam. Por isso, virou cidade-sorriso, campanha pra todo mundo se dar bem. Misture os poloneses judeus, alemães nazistas, italianos anarquistas em um lugar em que já havia negros e indígenas de comunidades e etnias diferentes. Essa bagunça é Curitiba. E aí, o lugar central, onde aconteciam as principais brigas e até crimes interétnicos, é chamado até hoje de Largo da Ordem.

___Tenho parente, vó e bisavó de tudo quanto é lugar. Não lugares exatos. Sei mais ou menos. Em um mapa astral, é mais fácil de achar. Os pais na casa quatro, na dez. E os avós, na um e na sete. Cada um em seu lugar, morando em uma casa distinta. Eu, que nunca conheci meus avós, acho natural. Mas o que meus estudos de astrologia não dão conta é do buraco desses avós que tento preencher. Não conheci nenhum deles. Por isso, tão comovida com qualquer velhinho na rua. É mais que respeito e menos que pena.

/////////////////

Mas não é isso, é outra coisa, parece um aperto no peito.
___Uma ilusão, obviamente: a gente nem sonha que o senhorzinho de boina ali pode ter sido um financiador de chacina ou um assassino de aluguel. Que a velhinha de voz trêmula é a mesma que colocava chumbinho pros gatos dos vizinhos. Ou coloca. Mas esse sentimento é maior que eu. E eu me pergunto, quando falamos deles, dos idosos, pra que diminutivos.

• • •

Você vai, agora tem data. Agora sei o que te define. É o que os alemães chamam de *wanderlust*, palavra que significa a tara de viajar e conhecer o mundo. Eles têm várias expressões ótimas. *Fernweh* é uma nostalgia de lugares pra onde a gente nunca foi. Ou *schilderwald*, que é a estrada cheia de sinais que a gente não entende.

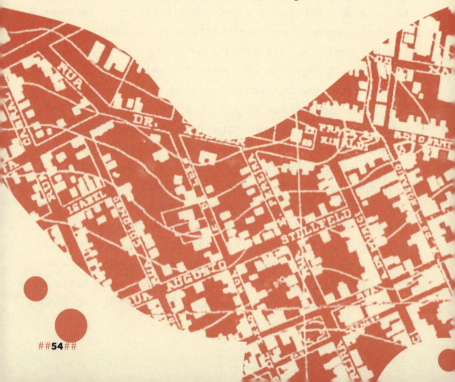

///////////////

___É isso: você é *wanderlust*, eu sou *fernweh* e o nosso amor é esse eterno *schilderwald*. Vamos manter contato. Claro. Onde você estiver. / / / / / / / /

___*Familienstellen* é a tal da constelação familiar em alemão. Isso de juntar duas palavras em uma, como eles fazem, eu queria aplicar no português. Você, palavra tão genérica, poderia ser vocêquevai, vocêemmim, vocêquejáviveucoisasquenãosei. Na hora de falar coisas práticas, a gente devia falar em alemão. Ia ter que aprender primeiro, mas tudo bem, que o amor deixasse pra falar em português.

___Não quero que sinta alguma pressão, mas preciso confessar: vou tentar tirar um visto, por isso comecei essa pesquisa. Não que eu vá pro mesmo lugar, nem sei quando conseguiria ou mesmo se realmente iria. Mas é legal ter tudo isso na mão, pra gente deixar fluir. Saber que pode ir e talvez ficar.

___Mas não tá fácil descobrir muita coisa. O tataravô morreu cedo no Brasil e sobrou ela, a Luiza, pra pesquisar. Na Alemanha, só o sobrenome do pai é passado para os filhos. O nome que carregamos é de todos os homens para trás. Elas, sim, nessa busca são os meus nós. A origem mais comum das mulheres é euachoque e pareceque. Ah, meu vô é ucraniano. Euachoque minha vó também. O meu é italiano. Pareceque a vó era árabe. Turca. Síria. Libanesa.

___Estou aqui olhando aquela boneca russa que você me trouxe de presente. Você sabia que a primeira boneca a ser feita é a menorzinha, a semente, aquela que não é oca? E seguem as outras, que devem se

///////////////

encaixar perfeitamente: mãe, da mãe, da mãe, da mãe. Matrioshka, de qualquer forma, podia ser chamada de parenteu.

___Falando nisso, achei no meio de um diário esta anotação da minha vó: "Tento mais uma vez, mas não há o que escrever. Já está na hora de preparar a janta. De novo". Junto com uma foto dela grávida de minha mãe.

___No momento que minha vó escreveu isso, eu estava na barriga dela. Ou metade de mim. Todos os óvulos dela já estavam lá. Então, quando olho essa foto, eu estou olhando pra mim dentro dos ovários da minha mãe, que estavam dentro da barriga da vó. Uma foto boneca russa, matrioshka.

___Essa vó fazia mil coisas ao mesmo tempo. No meio disso, fazia as pesquisas. Ela dizia que queria escrever um livro, mas que não estava à altura de contar a história de cada pessoa, que também fosse literatura, tudo bem inventivo, e que ainda por cima os destinos trágicos não fossem a trama. Nunca encontraram uma linha sequer. Como se fosse uma performance, sua obra-prima foi o fato de revolver o lodo familiar, futucar os ossos, evocar fantasmas. Os diários dela, aqui em casa, parecem peças de acervo de museu. Ficam guardados, bem-condicionados. Esperando serem expostos para sua única crítica especializada: seus descendentes.

___Ela anotava pouco das coisas que aconteceram com ela. Sei só por relatos ou depois de quando entrou as redes sociais, piadas, gatos, Feliz Natal, pratos de comida. Ela postava só uma que outra coisa pessoal. / / / / /

/////////////

___Mas uma das passagens que mais mexeu comigo foi um roubo. Ela conta que, quando criança, chegou de viagem e tinham levado tudo. Ficaram só os móveis.
___Ela ficou só com a roupa do corpo, mas lamenta pelos discos, fitas cassete e VHS. Coisas que praticamente não existem mais, só pra colecionadores. Ela falava como se tivessem roubado uma parte dela.
___Isso foi num tempo em que as pessoas tinham essa obsessão pela autoria, criar era difícil. Tantos livros com dramas sobre a dificuldade de escrita. Muito antes dos computadores e as inteligências artificiais produzirem os best-sellers de hoje. Ela era dessa época, tão antiga quanto usar norte sul leste oeste, quanto usar bússola, mapa, quanto usar objetos para fazer as coisas.
___Aí, fiquei pensando na função dos objetos. Eles portam utilidade ou afeto — quando um ou outro muda, o objeto acaba. Eletrônicos quebrados ou cartas de um amor que acabou. O que antes era parte da vida da pessoa, agora lixo. Quando a vida muda, os objetos são roubados de si mesmos.
___É que nem você, que está deixando tudo pra trás, sabe bem do que eu tô falando. Aliás, nem adianta te comprar presente, teu aniversário tá chegando, né?
___Essa minha vó dos diários também era a doida da astrologia. Uma das teorias dela era que a gente fala invertido sobre os ciclos: revolução solar, dos aniversários, e no retorno de Saturno. Ela dizia que já que o Sol volta todos os anos, devia ser retorno solar. Já quem passa revolucionando tudo de 28 em 28 anos é Saturno; logo, passamos pela revolução saturnal. / / / / / / /
___Ela teria amado essa teoria que desenvolvi de projetar o mapa genealógico no astrológico. Projetei minha árvore no meu mapa, localização, posição, coordenadas. Porque se o

///////////////

eixo da casa quatro (inferior) é da mãe, o da dez (superior) é do pai. E a mãe da mãe? Se você virar o mapa, o quadrante inferior tem que ser a mãe da mãe, e o superior, o pai da mãe. E por aí subdividindo, por aí vai. No meu quadrante dessa minha vó que queria ser escritora, tem meu Urano e meu Netuno. Tá vendo? Astróloga e artista frustrada. No meu ascendente, onde cairia a casa do meu nome de batismo, minha identidade, encaixa a Luiza. E Vênus também está lá — se eu fizer uma busca, também posso encontrar o amor.

___Li em um livro uma vez que nomes de pessoas derivadas do outro gênero são desejos inconscientes dos pais. Heleno, Filipa, Aureo, Joaquina. Então, sou um Luiz inconsciente. Ou um retorno dessa velha. Meus pais, inconscientemente, queriam que eu nascesse homem e velha. Não sei nem se Luiza morreu velha, mas deve só por ter sido vó.

___Tenho essa orfandade de avós. Talvez por isso você me ache tão autoconfiante. Tem até ditado espanhol, *no tener abuela*, porque quem não tem quem elogie elogia a si mesmo. Vontade de ter tido contato com algum dos quatro, óbvio. Mas também, se houvesse convívio, teria sofrido quando partiram.

___Fora que filhos adotados existem. Netos adotados, não. Esses dias, li um livro que era sobre uma mulher adotada. A autora comparava a adoção à vida de refugiado, que fica conectado à terra natal mesmo sendo grato ao novo lar de acolhida. Ser órfã de vó é ser refugiada de um país imaginário, uma pátria-narrativa, um território que não existe mais. Você deve achar que eu tô pirando. Eu já pirei que tinha sido adotada. / / /

___A Luiza teve onze filhos. Maternidade era coisa compulsória. Era comum falar, tive treze e vingaram sete. Se perdiam alguns, talvez o luto fosse dividido pela quantidade de filhos. Ainda mais se nem havia como escolher ser

///////////////

mãe ou não. Acho que era tudo bem odiar os filhos. Que era diferente quando morria criança ou quando morria adulto.
___E o amor, era dividido? Ou amava como se tivesse um só? Ou amava mais se tivesse convivido por mais tempo? Eu teria te amado mais se tivesse mais tempo? Será que se a gente vivesse o que não viveu eu teria te odiado com o tempo? Tudo bem se?
___Refiz nossa sinastria para comparar nossos mapas as-trais. Mudei um pouco – montei pro lugar onde você cresceu, e não no que você nasceu, e ficou bem melhor. Arredondei também a minha hora, porque minha mãe olhou em um relógio analógico, então não dá pra ter certeza absoluta. Tentei três horários diferentes. Um deles aqui, nossa, ficou bem mais a nossa cara. Sem tantas questões, bem quase-deucerto. É isso, aparece nesse que você vai viajar e que a gente tem um monte de coisas que combinam.
___Estou tentando agilizar aqui pra ver se tenho alguma chance real de conseguir a cidadania. Ainda estou penando. Procurar a ancestralidade é perseguir ruínas. Um lugar que é tua história, mas já aconteceu de um tudo depois. De onde você vem, mas já não pode entrar. Procura raízes, só tem galhos e galhos sobre os galhos.
___Não consigo nem me imaginar morando fora. Principalmen-te aquele começo, em que todos parecem ter algum déficit emocional. Porque, pra pressupor as nuances emocionais de uma cultura, você tem que estar ali há um tempo. Por isso, todo estrangeiro parece uma criança aprendendo a subjetividade do mundo. Sempre aprendendo a ler as pessoas e validar suas percepções. Como se estivesse examinando as reações e como deve se portar. Talvez mudar de país seja renascer em outra cultura. Nos games, a gente até aprende a xingar com os gringos. Mas não conta, gritar é universal.
___Até fiquei pensando que, se eu fosse, teria que mudar de

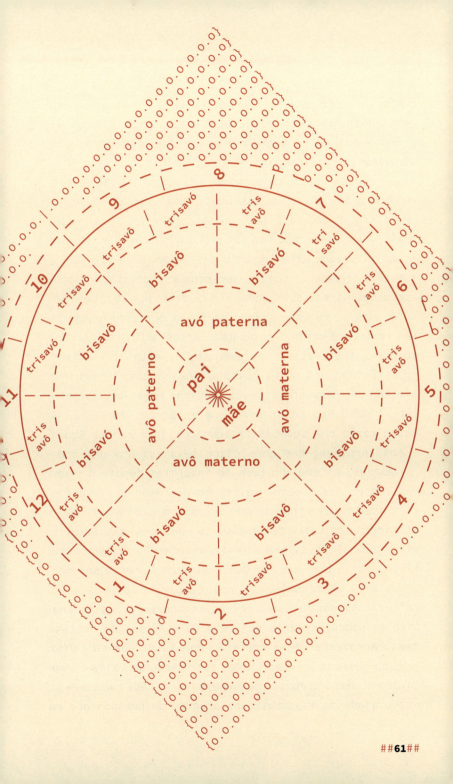

//////////////

profissão. Mais uma vez. Mas é que eu gosto tanto do projeto Lilith, sabe? Poder ajudar mulheres a decidir sobre a própria gestação. O projeto está desenvolvendo um jogo de simulação em realidade aumentada da rotina com um bebê. Você insere todos os dados da sua vida, sua estrutura financeira, seu contexto social, seus sonhos, suas possibilidades de profissão. Então, a inteligência artificial simula como seria sua vida em cada uma das probabilidades e você cuida de um recém-nascido aleatório. Claro, porque filho não se escolhe. Ainda. Não consigo nem pensar o horror que era na época das nossas avós, quando era proibido abortar. Foi só depois da segunda grande pandemia que a superpopulação realmente virou preocupação. Antes, mulheres morriam só por querer decidir se queriam, de fato, ter filhos.
___Na Europa, não tem muita campanha para o projeto Lilith, porque o crescimento continua negativo. Que projeto lindo. Meu maior medo era estar no front de uma causa certa com pessoas fazendo coisas erradas. Agora, é mais provável que quem nasce seja criança desejada.
___Já aqui, tivemos um boom de inscritas depois que uma influencer fez aquele reality do processo de interrupção. Nossas mães nunca sonhariam com o dia que até a presidenta do Chile fez e assumiu publicamente. Se existisse a possibilidade de eu engravidar e não tivesse o que fazer, daria pra adoção. Qualquer coisa, menos ser mãe.
___Se eu não trabalhasse nas campanhas pró-escolha, talvez estivesse em uma dessas megacorporações de análise de dados, criação de jogos ou verificação de fake news. Aproveitar essa obsessão por fatos que eu tenho.
___Essa busca pelos familiares está sendo um baita aprendizado mesmo. Sou muito boa em pesquisar. Mas, quando vejo, estou ajudando e pesquisando árvores de pessoas que eu

//////////////

nem conheço. É, você vai me chamar de obsessiva, eu sei.
___Montar a árvore genealógica é como colecionar figurinhas. Você começa a procurar animada, mas vai ficando cada vez mais difícil completar os ramos. Em alguns lados, estou indo bem. Chegando aos séculos passados, aos bandeirantes, aos reis, aos bíblicos.
___A gente fica obcecado pelo familiar que não encontra, tipo a figurinha rara: a difícil é a mais almejada, a que dá vontade de apelar. Gasta dinheiro e tempo pelo que não tem. Você pesquisa os mesmos nomes de novo e de novo e de novo. Como se fosse achar uma resposta diferente.
___Como tudo está on-line, com os livros das igrejas e cartórios digitalizados, quando vê, está olhando arquivo por arquivo. E se surpreende mais uma vez ao ver que a Otacília é irmã gêmea do Vespasiano. Descobre que é a terceira vez que está olhando as mesmas páginas. Começa até a aprender a decifrar a caligrafia dos padres.
___Como estava patinando nas pesquisas, mandei fazer meu teste de DNA de ancestralidade. Passa um cotonete dentro da bochecha e pronto. Despacha a baba no correio. Afinal, a história de qualquer pessoa começa pela saliva. Depois dos olhares, vem o beijo e, finalmente, a saliva. A primeira troca de fluidos, matérias, fungos, bactérias. E, depois, os finalmentes. Assim foram nossos pais, avós, bisos e por aí vai.
___Talvez não tão bonito nem tão romântico. Talvez um estupro, muitos disfarçados de obrigação matrimonial. Dos avós em diante, comentei, não sei mesmo, não conheci. Sei o que me contam. Mas não faço ideia da voz, expressões, humores, timbres, rancores aparentes, motivos, teimosias. Suas histórias típicas ou seus pratos repetitivos. Não tem como polenta ser prato típico da Itália se é feita de milho, que é coisa dos povos originários das Américas.

/////////////

___O teste de ancestralidade nos lembra da história do mundo. Não passamos de territórios ambulantes levando esses fragmentos de invasões, conflitos políticos e porquês. Se a gente viveu essa sucessão de invasões, temos essa mistura de colonizados e colonizadores. O brasileiro tem sangue indígena e negro nas mitocôndrias e europeu nos y ou x paternos.
___Enviei hoje meu exame para os Estados Unidos. Ansiosa pelo que vai revelar esse oráculo em forma de cuspe. Navegando rumo a um teste frio em um sanduíche de vidro asséptico. Para ser analisado em temperatura estática e com controle biológico. Uma enciclopédia pessoal caótica em forma de ácido desoxirribonucléico, realizando uma epopéia proparoxítona.

• • •

___Antes, as pessoas pediam um tempo. Mas, como ninguém sabia dizer quanto tempo seria, aos poucos elas foram pedindo mais espaço. Eu estou te dando todo o espaço do mundo. Preferia ter te dado o mundo. Na verdade, essa distância que vamos ter parece até igualzinha à que já temos. Desnecessário. Me pergunto quanto de espaço ainda preciso te dar se temos tão pouco tempo. Quanto tempo ainda vai ter esse espaço. Ondevocêonde.

• • •

___Esses dias, fiquei pensando no porquê de este lugar ser assim. Acho que o problema de Curitiba é que é uma cidade fria e úmida. E, em

uma cidade fria e úmida, as coisas demoram mais para secar. Muito mais. Todas as crianças, a gente sabe, fazem xixi na cama e na calça. Em uma cidade em que tudo demora pra secar, é um constrangimento constante.
___A psicologia revelou que, para as crianças, os cocôs e xixis são um presente para os pais, já que eles só falam disso nos primeiros anos de vida. São as primeiras produções humanas. Freud explica: o ser humano só faz cagada mesmo. Tudo secando do lado de fora e todo mundo vendo. As mães, e principalmente as crianças, ficam envergonhadas pelos colchões, pijamas e roupas de cama expostas. É só baterem o olho que já sabem o que aconteceu.

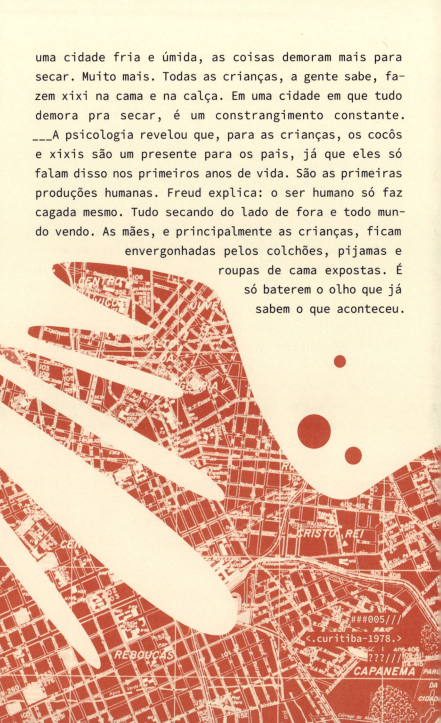

###005///
<.curitiba-1978.>
???

___Quando criança: vira uma vergonha o que era pra ser uma produção. Essas pessoas crescem e desenvolvem um complexo da própria criação perante os outros. E depois não entendem as travas dos curitibanos. Complexo de imigrante que tem vergonha do que faz. Que passa a vida pesquisando sobre suas etnias. Ops. / / / / / / / / /

___Aliás, o resultado do DNA chegou. Além do que eu já sabia, temos inglês, finlandês e italiano. Não faz o menor sentido, a não ser pelo fato de serem exatamente os povos que entraram em guerra, portanto invadiram, portanto saquearam, portanto violaram os países das minhas origens. Devo pensar issoquepenso? Além disso, o teste vai até o sétimo grau de parentesco. Todo mundo é primo de todo mundo. Tenho agora uma família com 30 mil pessoas.

___O teste não resolveu nada, mas a velha e boa pesquisa, sim. Achei o documento de imigração da Luiza. Sabe onde era a colônia alemã em que ela morava quando chegou aqui? Eu queria ter inventado isso, pena que já é a verdade: onde é o aeroporto.

___No mesmo aeroporto onde eu vou te levar, eu ia te levar, que você vai embora, que a gente olha para as pessoas e fica imaginando se elas se gostam. Toda vez que leio embarque doméstico, penso que prefiro um embarque selvagem. Quando a gente desce, imagina se vai ter alguém para nos receber. E a colônia embaixo foi destruída. Fico fantasiando as casinhas ali; os imigrantes chegando e acreditando que permaneceriam em um lugar que hoje é feito para não estar. As verdades que a gente não tem vontade de ter inventado nem valem a pena. / / / / / / / / / / / / / / / /

___Minha vó escreveu que Luiza sofreu preconceito por ser alemã, durante a Segunda Guerra. Nem sei se ela era, mas quem chegava de lá era tratada assim, ainda mais casada com um alemão. Escreveu que o marido dela foi preso, mais de uma vez,

///////////////

por falar alemão em público. Dele ela tinha saudadefeliz. Até pensei em pesquisar documentos que provem que ela não era. Difícil — os lugares todos mudaram de nome e de país. Apareceu aqui num documento Augsburg, que era Alemanha, mas agora se chama Węgorzewo, na Polônia. Essa procura ondeonde.

___No auge da neurose pós-guerra, chegaram a fazer um censo para cadastrar e mapear os alemães. Mudaram o nome dos filhos para adaptar mesmo. Alwine virou Albina — não albina de pele, só de nome. Já para Hyeronimus não acharam tradução boa, virou Theodoro porque não rebatiza e pronto, ninguém vai discutir. Preferiam mesmo ficar sossegados a essa coisa: de repente, tratam diferente quando tem nome alemão. Nem sabiam o que estava acontecendo lá nas cidades natais, nem se correspondiam. Iam se afastando cada vez mais da origem, mas sem se sentirem totalmente em casa no lugar onde estão. Só deviam saber da guer-ra, mais ou menos, que qualquer um lê no jornal, e aí qualquer um, de qualquer etnia, ficava triste. Todos os lugares bonitos que eles conheceram, tudo em cacaricalhos.

___Alguns se identificavam com a loucura que acontecia na Alemanha e reverenciavam Hitler na praça em frente ao Edifício Garcez, comemorando a passagem do Zeppelin e o desenvolvimento industrial na cidade feita por ale-mães. Depois, iam à tradicional confeitaria suíça comer sobremesas ucranianas e tomar chá naquela xícara de orna-mentos de rosa, tipicamente polonesa. O povo polonês, ou dito polonês, ou quem sabe se sentindo alemão, como saber como estava se sentindo, e o que estava passando naquele momento, valorizava alguém tomar uma xícara de chá, em plena tarde, enquanto havia uma guerra. Bonita xícara.

___Quem tinha vindo não tinha perspectiva de ir e voltar como você. Ou, quem sabe, como eu. Se o paraíso é sempre esse

//////////////

lugar para onde não podemos voltar, nunca perdoaremos quem pode voltar assim, sem mais nem menos. O mundo endureceu na Segunda Guerra pela raiva que esses povos diasporados passaram na Primeira. A raiva de um povo específico fazia parte de sua identidade. Como engolir uma raiva herdada.

• • •

___Acordei com muito ódio de vocêquenãoresponde. Eu vou te esquecer. Não quero mais botar qualquer pessoa em um pedestal, mas também não quero te crucificar. Até porque a cruz ainda é um pedestal. Sempre achei egoísta e idiota essa ideia de ter ido. Mas por que sem dar tchau.
___As pessoas em viagens, as que, inclusive, têm tempo livre, gastam o tempo vivendo. Vivendo da mesma forma entediante. Acordar e dormir, beber-comer e excretar. Obviamente, elas seriam mais felizes em suas casas, mais satisfeitas. Vão continuar os mesmos medíocres de sempre, só que em Paris, em Istambul, em Oklahoma. Elas nem merecem o frio na barriga que uma decolagem causa.
___Minha vontade era me vingar do teu sumiço, mas acho que me escafeder da tua vida é exatamente o que você quer. E fazer algo que você quer me demove da ideia. Mas ficar aqui, falando da gente, parece que te sufoca. Ok: não posso estar disponível e não posso sumir. Me sobra qual espaço.
___Você foi covarde. Não vou mais ao teu encontro, mas vou seguir com minha pesquisa. Vou seguir com minha cidadania, mesmo que por outros lados. Vou continuar escrevendo essas mensagens que não vou mais enviar. Acho.
___Acho que me viciei em pesquisar. Pesquisólatra. Há uma compulsão, sensação de heroína, nos dois sentidos, aquele orgulho de encontrar o tesouro, o nome, a causa, uma data.

/////////////

Preencher os formulários e o nosso imaginário. Procurei, pesquisei na internet se esse vício existe. Me preocupei em dobro, porque não achei e porque tentei descobrir a cura com a doença. Então só pode ser grave. Estou focada na Masúria (que parece nome de doença), o corredor polonês, que era Alemanha, mas também era Prússia. Vou comprar um mapa da época, bem bonito, do Império Austro-Húngaro. Preciso fazer um esquema, porque acho que me perdi.

• • •

___Eu achei que a gente ia viver um amor daqueles. Do tipo pra sempre. Do tipo que a forma como deitam tantas vezes juntos, se entrelaçam na cama, geram dores crônicas. Com o tempo, viram distensões, inflamações, ainda bem que conhecem um fisioterapeuta em conta, desgastes nos tendões e articulações, analgésico serve pra outras dores também, deformidades nos ossos, mas, puxa, como o tempo é mais cruel que o amor.
___Fui perguntar sobre a gente e tirei a carta dos Enamorados. A carta representa uma escolha. Me diga que escolha eu tenho./ / / / / / / / / / / / / / /
___No tarô mitológico, esse arcano tem a imagem de Páris, filho do rei Príamo, no impasse de escolher para qual deusa daria uma fruta escrito para a mais bela. Rola uma tentativa de suborno. Hera daria um reino todinho, Atena, a vitória em todas as batalhas, e Afrodite, o amor da mulher mais linda. Aí, rola todo o blablablá da guerra de Troia. Mas, se não acontecesse tudo exatamente como foi, não existiriam várias expressões. Pomo da discórdia, calcanhar de Aquiles, presente de grego, agradar gregos e troianos, beleza helênica. Já fruto proibido existiria de qualquer jeito.
___Como estamos de fora da pendenga, é fácil falar que

//////////////

Páris escolheu errado. A proposta de Atenas talvez surtisse o mesmo efeito. Ganhando todas as guerras, poderia tomar para si, mesmo que à força, a esposa mais bela de todas. A de Hera também, talvez, se não descolasse a mais gata, com certeza não seria de se jogar fora, poderia escolher a rainha. Ou seja, as outras opções tinham a chance de ser dois-em-um. Mas, como escolheu Afrodite, tudo foi em vão. Só desgraceira. A destruição da cidade. No fim, Páris morreu e Helena voltou com o rei de antes.
___Talvez a história seria diferente se Páris estivesse apaixonado por uma campesina do vilarejo na hora do dilema. O amor é sempre a escolha mais burra. Nossa desgraça é sempre Vênus, que, por vir vestida de deleite e prazer, não vemos como desgraça. Sempre nos faz escolher as coisas erradas.

• • •

___Um lugar chamado Rio de Ossos. Se eu fosse escolher uma terra nova para mim, não sei qual seria meu reinado, minhas batalhas. Talvez eu não me conheça tão bem a ponto de responder. Escolhemos o amor por falta de ambição. Amor é preencher nossas faltas. É só busca.
___Sempre tive fascinação por esconderijos, calabouços, compartimentos secretos, me escondia dentro do sofá-cama quando era pequena. Sonhava em ser arqueóloga.
___Agora estou aqui, me ocupando com todos esses defuntos, um monte, pra compensar a ausência. A tua e a deles. Encher das coisas até enjoar, cansar, gastar. Deixar tão tão tão presente que finalmente vou poder fingir que não existem. Depois de tudo que vivemos, tudo que caminhei até aqui, você faz parte dessas minhas descobertas.
___Queria tanto, por exemplo, poder te contar que acho

///////////////

que descobri o sobrenome da Luiza: Grafemberg. Igual ao Ernst Gräfenberg, sabe? O médico que descobriu o ponto G. Ponto de GräffenberG. . . . .

___Ponto. Bizarro se chamar ponto, nome pra localização ou conclusão, sendo que ninguém sabe direito onde fica.

___Imagina que engraçado no ginecologista: esse é o ponto de Gräfenberg da Luiza Graffenberg. Muito triste pensar que elas provavelmente não descobriram nem desfrutaram de seus pontos-chave.

___Porque o objetivo era uns testes para criar o DIU. Nunca foi por nós. Tava lá, lá ele, coloca ali e tira ali, e a mulherada ("mulherada" parece de agora, na época eram senhorinhas então "senhorinhada") foi sentindo umas coisinhas diferentes. Ops. Tem algo aqui. Torcendo para o Seu Ernst ter ao menos testado na sua senhora, que, por matrimônio, era Gräfenberg também. Estou na torcida, prima do passado - que a senhora tenha sido feliz, com menos filhos e mais orgasmos.

___Minha tataravó é parente de quem criou o DIU. Minha outra tataravó, que é indígena, deve ter comido a placenta. Eu pari um DIU. Eu pus e, ploft, saiu. Será que um dia farão um DIU comestível? Vou me arrepender de te mandar isso depois de tudo o que eu bebi. Na verdade, posso pensar que o DIU é um ancestral do projeto Lilith. Porque ele também interrompe a gravidez antes de começar. Nasceu aí o poder de decisão das mulheres. Grande Ernestão.

___Testo um milhão de nomes, troco letras. Pesquiso. Grafo. Com dois efes, com trema, troco por n por m.

___Fora esses lugares, essen, hessen, hesse. Nomequejánasce é *Nachname*: Schoenrock, Szenrock, Schamrack, Chonrock, Schönrogge. Ou seja: eles mudam tudo pra se esconder nos sobrenomes, e a gente que se ache. / / / / / / / / / / / / / / / /

___Sobrenome é vírus que se adapta e se transforma en-

quanto o corponome tenta se manter são. Nomes se repetem. Duram porque se repetem. Schoenrock tem todos os tipos de teorias de possíveis significados. Schœn parece que é bom alguma coisa. Agora a coisa é o problema. Pode ser centeio (*rogge*), roupa (*rock*) ou até pedra. Esse é o drama de várias pessoas: não saber naquilo que se é bom.
___Se fossem em português os sobrenomes, bem mais legal. Nada de tête-à-tête. No teta a teta mesmo. Olá, João Córrego da Árvore (*Baumbach*). Boa tarde, Seu Fred Conselho do Rei (*Reinhard*). Como vai, José Recém-Chegado (*Neumann*). O José parece até um carioca. / / / / / / / /

• • •

___Eu tenho sonhado bastante. Mas é que quase não saio mais de casa e tenho dormido muito. Minha motivação é essa pesquisa. Nem sei mais o que estou procurando: a Luiza, eu ou você. Sonhei de novo que eu era a minha tataravó. Dessa vez, não era um rio. Era uma fonte. Uma fonte perto da minha casa, mas não lembro o nome. Kellen, Kehlen, Elen, Eller, Akelle. Aquele que não consigo descobrir. É Kehlen ou Hessen. Que cidade é essa. Que lugardevila é esse.
___Levei todos os sonhos que estou tendo com você para o terapeuta. Em um deles, você tinha morrido e tuas cinzas caíram do pote. Tua cremação foi espalhada pela casa pelo robô aspirador. E a nossa casa era uma tumba. E semana passada sonhei que você me trocou pela minha irmã e fugiram de trem, porque quem tinha morrido era eu.
___Meu inconsciente tá fazendo coisas criativas com essa raiva e a necessidade de te matar dentro de mim. Se um dia eu virar escritora, vou fundar a estética do abandono.
___Aí sonho de novo que caem meus dentes: um dia, per-

//////////////

cebo que tenho vários bambos na boca, parecendo
pedrinha solta, e tento colocar de volta. Sonho e penso, putz, sempre sonhei com isso, mas agora é verdade.
___Uns falam que sonhar com dente significa premonição
pra briga, posse, sortilégio, divisão, assimilação,
portal que guarda os espíritos. Vó vai dizer que é
sentimento de culpa porque não escovou direito, que é
dinheiro, porque as crianças colocam embaixo do traves-
seiro para as fadas trocarem. Os psicólogos vão dizer
que é raiva reprimida, dificuldade de lidar com a perda
de alguém. Freudianos vão dizer que tem algo a ver com
sexo, pai e mãe. E, no fim, pode ser só um puta bruxismo.
___Mas eu te perdi. Sempre tive medo, mas, putz,
agora é verdade. / / / / / / / / / / / / / / /
___A minha solidão é que tá boa. Na pas-
sion fruit, fruta azeda de flor doce, que é o
maracujá, e talvez por ser tão resistente deixamos lá,
até estragar. Maracujá de gaveta. Agora, eu vou até o fim.

• • •

___Olho essa árvore genealógica e parece aquela igreja de
ossos: há um arco de nomes de mortos, em cima da minha cabeça, e outra, e outro. Parece o batente de uma porta cujo
caminho dá em mim. São dois pais (que a gente já acha muito
problema), quatro avós, oito bisavós, dezesseis trisavós,
trinta e dois, sessenta e quatro, cento e vinte e oito,
duzentos e cinquenta e seis, quinhentos e doze e assim por
diante as pessoas que nos formam. Na época da invasão do
Brasil, ali no tempo dos meus décimos quartos bisavós, já
eram sessenta e cinco mil pessoas. Um milhão de décimos
oitavos bisavós. Um bilhão de vigésimos oitavos. Hoje, no

//////////////

ano de 2061, temos, no mundo, nove bilhões de habitantes. ___A partir do trigésimo primeiro bisavô, eu tenho mais antepassados do que tem de população no mundo atualmente. Como se todas as pessoas se intercombinassem nesse minuto para gerar uma pessoa para o futuro. Claro que muitos se repetem nos ramos, era tudo vilarejo com pouca opção, os mesmos vovozinhos são intercalados no tempo e na história. Mas saber quantos bisavós eu tenho, e quem eles são, me torna do tamanho da humanidade. ___Eu nem preciso pesquisar para saber que há um estuprador. Há um camponês. Há um nobre. Há um assassino. Há uma prostituta. Há um bobo da corte. Há uma santa. Há uma bruxa queimada na fogueira. Há um padre. Há milhares de órfãos. Há os que venceram a guerra. E há coveiros que enterravam todos os segredos da cidade. ___Preciso me conformar que não vou ter como descobrir tudo que quero dessa árvore. E é claro que se pode viver a vida toda sem escavar. Encaixotar a ampulheta do tempo ou sepultar seu presente, fazendo um pacto com a superficialidade. Um exemplo é o oicomovocêtá seguido de tôbemevocê, que é uma coreografia do nada, um combinado invisível de que não haverá aprofundamento na relação. Passarão por cima de tudo pra responder o de sempre, por cima de vocês mesmos. O euteamo compulsório também é tão besta e raso quanto. Responder de maneira sincera é intimidade, é entranhamento e é estranhamento. ___Esse mergulho no que se sente é como as escavações arqueológicas e dizemos olha!, como isso é feio, tá todo estropiado mas é tão tão tão importante. Para alguma ci-

///////////////

vilização, significou tudo. Quando realmente falamos de nós, dividimos essas descobertas sabendo que, para quem ouve, pode ser só um elemento narrativo, mas que se dane, pelo menos você disse, dividiu, falou. Tão aqui, ó, todos os elementos ritualísticos de uma nação extinta. Que descoberta.

• • •

___Queria ter mergulhado no teu lado feio, pertencer às tuas dores, ajudar a carregar teus sentimentos enferrujados e corroídos. Estou cada vez mais como os saqueadores de tumba, que levavam as múmias pra passear de charrete só pra tirar uma onda, vendiam depois no antiquário mesmo, como se fosse um gramofone velho ou outra máquina em desuso. ___Você na minha vida já virou anedota dinossáurica. Vocêfóssil: sem âmbar pra recriar Jurassic Park nem ilusões pra acreditar que são ossos de dragões. E isso é o mais triste. Não sei mais se tenho saudades de você ou das saudades que você tinha de mim. Mas que se dane, pelo menos eu disse, dividi, falei. / / / / / / / / / ___Vou lidar aqui com o que precisar pra te apagar da minha vida. Borracha não é apagador. Maquiagem borrada não é apagada. É desfeita, manchada, suja. Quando em espanhol se diz *borrado*, borracha, borrar, estar *borracho*, não estamos falando de apagar ou esquecer. Estamos falando do algo que ficará marcado. Rastros, pegadas, *huellas* — não o faz de conta desse pedaço branco e flexível, para que tudo seja como antes. Realidade nua e crua de que algo será anuviado, deturpado, diluído, espalhado, mas não se tira a marca. Não crio mais expectativas. Ou melhor, não crio mais expectativas de não criar mais expectativas.

___Eu tinha expectativa de descobrir tudo sobre meus ancestrais. Não tem como. Então, localizei todo mundo no meu imaginário em Tchetchelnik. Essa cidade ucraniana, onde nasceu a autora de A legião estrangeira, tem um nome musical. Para mim, graças a Clarice, essa cidade é Pasárgada, é Macondo. Graças à literatura dela, meus despatriados merecem Tchetchelnik. / / / / / / / / / / / /

___Não temos como saber o que de fato nos atrela às coisas. Até uma coisa horrível pode trazer uma lembrança agradável. Eu posso ficar felizsaudade lembrando das férias da minha infância quando sinto o cheiro do rio Tietê. Assim, aos poucos, você está virando esse cheiro radioativo.

___Algo se quebrou. Esgarçou. Vocêu ou Euvocê não existem mais. Sou outra pessoa. Você provavelmente muito mais, preenchendo a vida de experiências novas, de um lugar novo. É preciso uma ingenuidade no amor. A bobice que tínhamos. A leveza.

___Minha dupla cidadania saiu. Mas isso não te diz respeito mais. Você não tem mais nada a ver com o que farei com isso. Na verdade, quase tenho que ser grata. Nesse meio-tempo, descobri tanta coisa.

___Será que existe como dizer obrigada por não ter responsabilidade emocional. Gratidãomesmoquenão? Se o amor nasce no terreno da neurose, a lucidez é uma ilha voluntária. Eu já tive uma bússola. / / / / / / / / / / / / / / / / / /

· · ·

___Encontrei o documento da morte da Luiza. O lugar onde, enfim, ela viveu até o final. Resolvi pesquisar em Curitiba mesmo. E achei. Kurytyba, Coritiba. Esse lugar que é larquefico.

___ A rua dela é a minha rua. Sim, a avenida onde eu moro desde que nasci. Luiza Grafenberger era minha vizinha.

Nossa veia é essa avenida. / / / / / / / / / / / / /
___Jogo uma pedra, ou uma gota no lago. Não importa. As ondas se expandem e se diluem. Também não importa a forma da pedra. Vai reverberar em círculos, perfeitos, redondos como um círculo de cavalos, como a cintura das matrioshkas, como uma roda de vagão cigano, como um mapa astral. Vai ondulando, multiplicando e expandindo. A gente vai se afastando daquele antepassado. Daquele homem das cavernas. Vai ficando menos homo, mais sapiens. A pedra no lago afundando enquanto a nossa história vai se diluindo, se diluindo. Você foi se diluindo. Ficou ainda reverberando. Mas passa. Uma hora você olha e tem um não lugar no peito. E eu sei, você pode dizer que para a homeopatia é concentração de feito. O bom é que é antídoto. A gente dilui tanto que vira remédio. Vira anticorpo quando vira história. Vira passado. Vocêpassou.

Q
♥

por quê

A memória é a única
possibilidade de regresso.
Valter Hugo Mãe

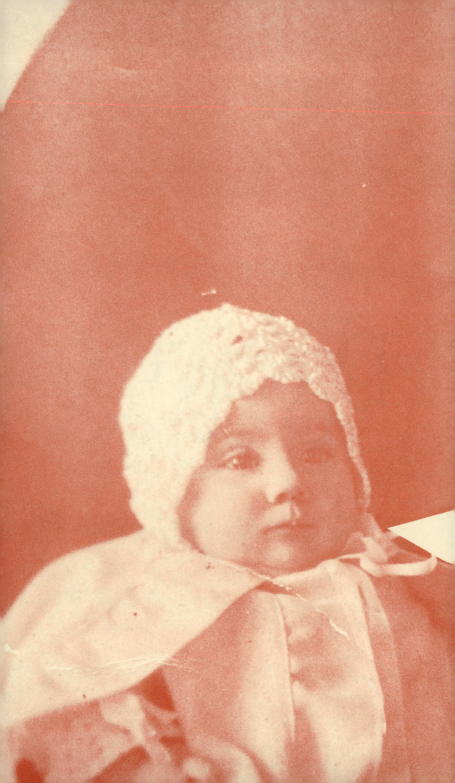

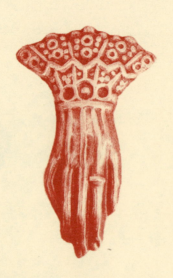

O Louco

Josefa vivia na tristeza. E tristeza era, ironicamente, um bairro de Porto Alegre. Sua casa está de pernas para o ar. Tem comida no sofá. Brinquedo na geladeira. Roupa no jardim. Josefa ficou viúva. Ficou só, na cidade, com os filhos. Não gosta de criança. Ainda bem que quase todos já estão adolescentes. O problema é que quase todos já estão adolescentes. Sua vida de ponta-cabeça.

Josefa se sente a mulher mais sozinha do mundo. Não quer admitir: está com pena de si mesma. Vive no Brasil. Odeia o Brasil. Por que veio parar no Brasil? Não aceita a ideia de voltar para a casa dos pais, para a nova cidadezinha dos pais. Só iriam se atrapalhar mutuamente. Estão bem idosos, viver com eles seria ter mais coisas a resolver. Seria dividir o pouco que sobrou de dinheiro. Não tem condições de pensar nisso agora. Tarefa para os irmãos mais novos, de quem foi obrigada a cuidar por ser a mais velha. Que retribuam. Não pode voltar para a Espanha. Mesmo que tivesse condições. Tem que tomar uma grande decisão.

Quais coisas mais em sua vida seriam possíveis? Qual seria a decisão certa? Antes essas fossem perguntas com interrogação espanhola, com caminho de ida e volta. Não havia mais nada para ela ali em Porto Alegre. Mas para onde? Ir embora pode ser pra sempre.

Lembra como foi sua sensação quando chegou. De quando atravessou o mar sem nunca poder voltar. Olhando pra sempre para trás. No primeiro dia que despertou no Brasil, acordou desolada. Estava a um oceano de sua terra. O que tinham dito do Brasil, ali no Sul, era mentira. Sem sol algum e agoniada. Terá que não falar a própria língua mais um dia. E mais outro. *¿Hola que tal?*, parece sempre uma proposta. *Oi* era barulho de bicho.

Atravessar o mar sem perspectiva de voltar. Como saber que deve ir: pelo tamanho da esperança fome medo fuga desespero ganância. Agora, a decisão sobre ir ou não era apenas sua. Seria sua responsabilidade.

Josefa veio da Espanha com os pais, Maria Martin e Deogracias. Era a mais velha de cinco irmãos. Eles eram ainda pequenos e se adaptaram rápido. Já ela tinha quinze anos e adorava o povoado de origem.

Foi totalmente a contragosto que vieram parar na América do Sul. O que passou é que Ángel, um de seus irmãos, era muito aprontiz. Seu professor, certa vez, deu uma bronca tão bem dada que o levantou pela orelha. Acabou abrindo um rasgo entre o lóbulo e a cabeça.

Deogracias, o pai, sem titubear, matou o único professor do vilarejo naquela mesma tarde. Foi condenado à morte. Não seria no *rollo* da praça, porque já haviam desativado para essa finalidade. Tinha que ser executado em Salamanca junto com uma leva grande de prisioneiros. A rainha concedeu um último pedido: tocar guitarra. Dizem que tocou tão bem que ela o perdoou. Perdoou da sentença ao garrote, contanto que marchassem do país.

No meio do trajeto de mais de mês, se deram conta que o país a que iriam não era Uruguai ou Argentina, e sim Brasil. Não fizeram alarde porque tinham acabado de perder Francisco, de cinco meses, na travessia.

O Mago

Primeiro, fez-se o verbo e reacenderam todas as histórias. Tudo que Josefa aprendia de suas origens foi contado pela mãe, Maria. Ela fazia questão de manter o vínculo dos filhos com a Espanha, que aproveitassem as oportunidades, mas não se influenciassem tanto pelo novo país.

Por sua vez, o que Maria Martin sabia da história da família também tinha sido narrado, havia poucos documentos. Cada dia, ela e os irmãos ouviam uma coisa diferente. Suas vidas foram ditadas e editadas pela vó Manuela. A mãe da mãe da mãe de Josefa. Josefa, filha de Maria, neta da Manuela, tinha a tarefa silenciosa de perpetuar as tradições das mulheres da família. Só nunca sabia se eram tradições ou invenções.

Climas diferentes, versões distintas. Um dia, pela manhã, Manuela contava que seu biso tinha se casado por feitiço com a bisa. No outro dia, à tarde, ela era rica. Se tinha geado, o vô a ganhou numa rixa. Numa rifa. Em alguns dias mais festivos, como Natal e Páscoa, eles tinham vivido uma grande história de amor. Esse molho está muito bom. Foram morar com os pais dela, que viviam em um castelo. Aceito, sim, mais uma tacinha. Fugiram da família e foram deserdados. Não, não. Essa é a outra vó. A mãe nasceu em janeiro, a parte boa da vida tinha sido a roça farta. Tá com cheiro de queimado. Se bem que se batizou em janeiro, mas nasceu mesmo na entrada do outono. Me alcança a geleia. Tinham passado poucas e boas.

Maria e os irmãos mal sabiam quando faziam aniversário. Além disso, ao invés da data de nascimento, o aniversário podia ser comemorado na data do santo padroeiro do nome. Então, o combinado era fazer uma festa só, que sempre mudava de data. Ao azar.

Mas, por vezes, dava na veneta de Manuela fazer várias no mesmo ano. Os mais novos se atrapalhavam nas contagens das próprias idades: em um mês, tinham feito sete anos, no mês seguinte, já nove.

Sobre o pai dela, contava que o vô já tinha sido calvo, músico, ruivo, conde, anão, clérigo, manco, daltônico. Ou soltava que nem todos os filhos eram legítimos dele. Insinuava que algum poderia ser filho de um soldado inglês. Seguramente, outro era adotado. Nunca dava a dica de quem seria. Com medo de preencher o formulário, nenhum dos filhos compareceu ao asilo quando Manuela faleceu. E Maria Martin aprendeu a contar história assim, improvisada.

A Sacerdotisa

"Que você se apaixone". Era essa a pior praga que um cigano poderia lançar pra cima de alguém. Maria sempre citava isso. Dizia que era coisa da sogra. Não só dizeres da sua sogra, mas uma praga de família mesmo. Herdada.

Era uma forma de controlar as filhas que estavam todas adolescentes. A marcação teria que ser cerrada, pois não seria permitido casar com qualquer galego ou brasileiro. Que elas não saíssem por aí fazendo loucuras por paixão.

A família sabia bem. Porque era sempre assim, quanto mais alguém aprontava na juventude, mais ia querer controlar. Casa de ferreiro.

A própria Maria não devia ter namorado Deogracias, o pai. Deogracias, desde os quinze, era órfão. Mas eles estavam muito apaixonados e eram destemidos. O casal ia passear escondido pelos cantos da vila de Vilvestre. Viviam pela mesa da diabla, perto do mirante. E o dito popular sobre o mirante, *"se sube una pareja, se bajan tres"*. Talvez tenha começado essa história com Maria e Deogracias, porque eles engravidaram. De Josefa. Não se casaram, porque não tinham condições, ficaram escondidos ali no sítio dos avós.

O padre era tio de sua mãe e prometeu fazer o casório: contanto que a barriga murchasse e assim disfarçassem que já havia uma filha. Não deu tempo. Ela engravidou de novo. E de novo. Conseguiram se casar, mas na vila ela passou a mentir idades. Por isso, na adolescência, os irmãos de Josefa uma hora tinham quinze, outra doze, outra dezoito. Em uns dias, tinham nascido no Brasil, outros, no navio ou em Vilvestre. Só a data de aniversário de cada um era fixa. A não ser que, no dia do santo, fizesse calor.

93

A Imperatriz

Em Vilvestre, eles moravam no fim da rua de acesso às ruínas do castelo, onde muito tempo antes havia sido uma estrada, já inativa. A subida íngreme dava toda a impressão de imponência, de que o destino valeria a pena. As pedras bem dispostas faziam jus à nobreza de outros tempos da minúscula vila. O castelo, o que não caiu sozinho, foi desmontado para construir o lugarejo. As pedras deram origem a casas, vielas e muros. Vilvestre ainda era o castelo, que já não havia.

O rio Duero era um espelho do horizonte, refletindo o vale tão perfeitamente que Josefa brincava de plantar bananeira, apoiada nas árvores, para ver o céu tomar a função da terra.

Os viajantes que seguiam por mapas e histórias antigas davam com os burros n'água. Era sem saída. A estrada havia se fechado há pelo menos cem anos.

Aqueles que lhes tocavam tirar dúvidas se informavam na entrada da cidade. Tinham a oportunidade de se safar do erro tosco. Os que não se davam às simpatias tinham destino certo: encontrar o fim da estrada e a descida envergonhada pela cidade sob olhares de quase riso do povo nas janelas e varandas.

Nem sempre o viés era cômico. A família cresceu ouvindo xingamentos de toda ordem e em variadas línguas. Era normal os chamarem na casa, não apenas para dar a correção da informação, fato recorrente e enfadonho, mas para tirarem satisfação. Como se o fato de haver uma casa ali fosse responsável pelo rompimento de programação dos viajantes. A continuação da antiga estradela daria, em outros tempos, em Portugal. Não distante. O castelo era, havia sido, justamente para proteger o limite entre os países e, com o fim das guerras, não havia mais motivo para se conectarem por caminhos tão tortuosos.

Se relacionar aos gritos com pessoas estranhas e estrangeiras resultou num humor peculiar na família. No fundo, não gostavam de gente. Sobretudo gente perdida. E, acima de tudo, portugueses.

'ouvio o castelo ruia'

O Imperador

Quando chegaram, desembarcaram em Rio Grande, escorregando na ponta de baixo do mapa, no fim do funil.

Fora o mar, não era tão diferente da terra natal conhecida por *nueve meses de invierno y tres de infierno*. Ou seja, frio cortante com verão escaldante. Só que úmido. Em suma, mudar de país era emocionante, irritante e um tédio. Ainda mais quando se tinha cinco irmãos para ajudar a cuidar.

Ela tinha mania de falar quanto tudo era melhor na Espanha, e Deogracias ironizava, lá vem você fazer *castillos* no ar. Não tinha sentido mesmo, era um apego à piada pronta. Além disso, o vilarejo era parte de Leon, não da Castilha.

Claro que era muito estimulante pensar que a vida não passava de um *pueblo*. Porém, o que ela sonhava era com aquela gente de Madrid que ela viu de passagem. Madrid era cheia de gentes, festas e estampas. Muita gente de muitos lugares, com sotaques estranhos. Mas havia cafés e museus, parques, templo egípcio. Ali ficaram três dias apenas, na casa da prima de uma vizinha. Tiveram que seguir. Até que Lisboa era bonita. Mas não tinha álamos que nem Madrid. Preferia os grandes lugares, dos grandes monumentos.

Idealizava as capitais, mas falava pouco sobre sua vila — lugar banal e que, muitas vezes, se assemelhava a tantos lugares do Brasil, não variava nem mesmo o sotaque —, uma vez que a praga do sotaque português, da língua portuguesa, estava por toda parte, incluindo aquela fronteira com o Uruguai.

O Papa

Na juventude, o único livro que tinha em casa era a Bíblia. Para poder ler outras coisas, escondia embaixo dos panos. Pegava emprestado da amiga Carmen, filha de professora que, como ela, era espanhola. Ela comia sua geleia de papoula e contava as histórias da família para os irmãos pequenos. Ou do que ela estava lendo no momento. Não se sabia muito bem a diferença. Aos poucos, ler sobre a terra de origem era uma forma de ainda estar lá. Vivendo as questões de lá.

Josefa contava coisas e costurava as histórias que sua mãe contava. E também a vó, Manuela. Remendava datas e o tempo largado. Eles iam sentindo saudade de um lugar de que não se lembravam. Graças a ela, herdaram saudades.

Josefa se recusava a falar português, e é muito difícil ter humor em outras línguas. Tem algo no humor que é uma frouxidão. Um alargamento. Quando falamos outra língua, somos rígidos às regras aprendidas e ao acerto. Já o humor é a abertura ao erro.

Aos poucos: colocamos o idioma novo na melodia da voz, a reposicionar a boca para vogais conhecidas, aprendendo e pensando dessa forma. Mas Josefa não queria pensar em português. Sonhar em outra língua. Sua região havia sido invadida e reconquistada tantas vezes pelos portugueses que perdeu a conta. Brasil, então, pior ainda. Eram conquistados derrotados dos portugueses, pensava.

Não existem palavras que se comparam a luciernagas, tinieblas, remolacha, garbanzo.

Os Enamorados

O livro de que ela mais gostava de ler era Juana, *la loca*. A história da rainha de Castilla, a grande rainha de sua terra natal.

Era uma história de grandes nãos. Não era pra ela ter sido educada. Mas ela não ia reinar mesmo, então tinha que casar bem. Não era pra ela ter se apaixonado. Mas ela amava o marido, mesmo sendo aqueles casamentos definidos pelo bem da coroa. Não era pra ela ter se tornado rainha. Mas, pela linha de sucessão, acabou ganhando o trono. Não era pra ela ter se separado do filho. Mas ele era o primogênito e devia ficar longe pra assumir o reinado de outras terras. Não era pra ela ter amamentado. Mas ela se trancava pra poder alimentar os próprios filhos. Não era pra ela ter ficado louca. Mas ela teve ciúmes do esposo, sensatez pelos mais pobres, tristeza por o pai ter envenenado o marido. Não era pra ela ter seguido louca. Mas ela, quando foi trancafiada pela própria família, em um convento em Tordesilhas, já não tinha vontade de se arrumar ou de comer.

Era de se pensar que Juana estava lá quando separaram o mundo entre esses países. Espanha e Portugal. A fronteira de casa já tinha sido a fronteira do mundo. E a vida os fez atravessar pra cá. Quiçá, por isso também, Josefa se recusasse a aprender português. Mas também não aguentava ficar em casa cuidando dos irmãos. Se recusava, acima de tudo, a se casar com um brasileiro.

Josefa e Carmen começaram a frequentar as festas de seus conterrâneos.

O Carro

Enisso, José Maria apareceu. E chamou a atenção dela, porque não só era espanhol como não era, como diziam dos castelhanos, "corações desérticos, temperaturas e temperamentos extremos". Era assim que dizia seu povo. Um espanhol, mas de coração quente.

José Maria se apaixonou por Josefa. Achava bonita apesar do rosto de brava, sempre carrancuda, a mesma expressão fosse nas festas ou na missa.

No início, os pais dela não aprovaram. Porque, apesar de José Maria ser do mesmo país, de família nobre, era um andaluz. Mas primeiro foram os tonteios, depois o namoro escondido, uma aproximação calculada, logo se tornou uma insistência de pedido de casamento. Os irmãos pequenos de Josefa começaram a caçoar chamando ela de Josefa Mário.

José Maria pediu a mão de Josefa convencendo que tinha família rica na Espanha, que havia feito promessa de herança muito grande, que, no futuro, ajudaria inclusive os pais de Josefa. Sendo a mais velha dos irmãos e sem outras propostas para ela, aceitaram. Se casaram e, em duas semanas, estavam em Porto Alegre.

O que não sabiam é que a família nobre já o havia deserdado. E justamente porque seu pai teimou em se casar com uma cigana, sua mãe, teve que abdicar da fortuna.

Casaram. Agora, seu sobrenome era Ruiz. Ruiz era um sobrenome inventado. Em uma época que sobrenome servia pra indicar feudo: se era do feudo do Hernando, Hernandez; do García, Garcez.

A Espanha estava em plena batalha entre católicos e mouros. Os reis mouros e ciganos pagavam pelo direito de lhe pouparem a vida, caso houvesse uma tomada de território. Rodrigo Díaz de Vivar, El Cid, criou um exército simplesmente para tomar essa taxa. Conquistou uma legião de séquitos de uma forma bastante simplória: dividindo por igual a grana com os outros guerreiros. Tinha a verba fixa do rei para si e a do conquistado a ser dividida.

Êxito atrás de êxito, aos poucos seus guerreiros ficaram tão orgulhosos que passaram a adotar seu nome, como se fosse um dono de feudo. Rodrigo abreviado para Ruy, e assim, Ruiz.

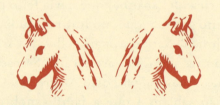

A Justiça

Assim que se casaram, foram para Tristeza, na capital do estado. Bairro dos construtores da linha férrea da ponta do Dionísio, que, apesar de ser de um rio, formava praia, onde ficavam os leprosos. Escondidos e reclusos. José Maria não tinha força física, mas foi o trabalho que conseguiu. Era um faz-tudo do escritório da construtora.

Josefa amava José Maria, mas não gostava dele. Ela não gostava da cara, do sorriso, da cor da pele, da risada, do bigode, do cheiro. Detestava a sogra, Maria Criado, que veio com ele da Espanha.

Como fumava, passava o dia tossindo e pigarreando, cuspia na rua e, pior, em casa engolia. Limpava a boca na toalha de mesa. As mãos na calça. Tomava banho gelado e ficava respirando alto e resfolegando. Era ultrajante ver alguém achar que podia ser despudoradamente tão humano na frente dos outros.

Não vivia sem ele, mas não o suportava. Quando ele entrava pela porta, ela não sentia mais que a casa era sua. Mas era quando ela mais se sentia em casa — se sentia na Espanha.

José Maria era mulherengo, se sabia. Tinha consciência de que seria traída. Mas corna era melhor que ser solteira, que era igual a ser puta. Ser corna ainda tinha a beleza da resignação, que era a qualidade que sua família mais admirava.

Além disso, aquele tosco decidia quando ela podia sair, o que fazer e quando. Pertencia àquele homem. Reconhecia seu lugar. Era a forma mais parecida de continuar pertencendo à Espanha. O casamento era o seu feudo.

O Eremita

Não conheciam ninguém em Porto Alegre. Era uma cidade grande demais. Josefa passava os dias em casa, ainda mais quando os filhos começaram a nascer. Para ajudar, sua sogra foi morar com eles. A primeira filha se chamou Maria, em homenagem às mães de ambos.

Maria Criado, a sogra viúva, era desajeitada com as crianças. Era reflexo de sua vida nômade, quando precisou dar os filhos mais novos para adoção. Para fazer as crianças dormirem, a sogra contava sobre fantasmas e piratas sanguinários. Quando não eram histórias de terror, era sobre Hércules e sua tarefa de empurrar a montanha de Gibraltar. Ou seja, sobre Andaluzia. E tentava replicar os costumes do lugar, como levar os pequenos para a rua, mesmo que fosse inverno. Por isso, ficavam doentes com frequência.

Por um lado, que mais atrapalhava e ainda tinha todas as manias andaluzes que irritavam, ela ajudava a disciplinar seu filho. Brigavam entre elas sobre como educar as crianças, mas se uniam para controlar José Maria, que cada dia mais parecia Gregório, seu pai, boêmio inveterado.

Por ser tão mais velho, José Maria nem conheceu o pai. Maria Criado dava a impressão que já tinha nascido viúva, de tanto tempo que fazia.

A Roda da Fortuna

Maria Criado era cigana. Nascida em um dos pueblos blancos cujo nome não importa. A novidade era sua rotina. A impermanência, seu tédio. Quando criança, olhava os castelos do caminho e sonhava em ficar. Não tinham endereço fixo, documentos, conta em banco, história registrada. Era o dito pelo não dito. As palavras eram as leis, sua identidade e seu país.

Por onde passavam, sua beleza era aproveitada como chamariz da leitura de cartas e de mãos. Abordava sozinha, mão na cintura. Seu futuro em troca de dinheiro. Quando alguém cedia à curiosidade, logo assumia outra mulher mais experiente. Ela observava. Aprendia tudo com as anciãs, de ervas à leitura do céu, mas não tinha coragem de interpretar as cartas. Porque não bastava entender o arcano, era traduzir destinos. Nem tudo que se vê deve ser dito. ¿Como saber se as sentenças proferidas apenas se cumprirão ou se tudo irá ao encontro do consulente apenas porque foi evocado? ¿O destino é destino ou é caminho? Há também que saber como dizer. E o que dizer a alguém quando vemos a morte inevitável? São sabedorias à parte.

Aqueles baralhos que decretavam separações, viagens, nascimentos, amores eram os mesmos que os homens utilizavam para se distrair e jogar. Para os ciganos, os destinos são só destinos.

¿

A Força

Um dia, se viu mulher e quis uma leitura para si. Um tarô completo. Sua tia-avó, a mais velha, esposa do chefe, se predispôs ao rito. Embaralhou os vinte e dois arcanos maiores junto dos menores. Os maiores diriam coisas importantes.

Elegeu uma a uma, empilhando na mesa. Quinze cartas dispostas, espalhando sua vida, seus sonhos, seus desatinos em lâminas iguais, de costas cinzas. Todas ainda viradas para baixo. Ela fechou os olhos para tentar ver se seu coração ainda batia. Começou com a Roda da Fortuna. O Imperador. Nove de Copas. O Carro. A Torre. A Força. O Sol. Terminou no Mundo.

Teria seu destino atrelado ao jogo de cartas. Seria inesperado. Casaria. Com um homem rico. *Gadji:* não cigano. Ao contrário das tradições, que reprovavam um casamento fora da caravana, seu pai faria a proposta. E moraria pra sempre em um castelo. Seu marido não ficaria neste castelo. Apenas ela. Ela tinha uma missão com seu povo. Que não decepcionasse. Seria muito famosa.

Maria Criado ficou pensando que teria que começar a finalmente ler cartas, ler a sorte, ler as mãos para ter sua vida conforme havia escutado. Se seria uma cantora ou tamanqueira de êxito. A cartomante da rainha. Ou ela mesma se tornaria princesa.

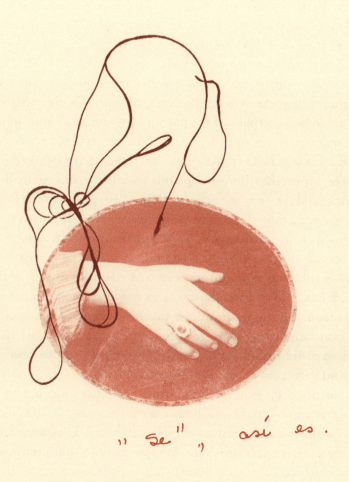

"Se", así es.

O Enforcado

Soube que a Família Real estaria ali de passagem e armou um plano. Pediu a seu pai que, em determinada data, fossem a Málaga. Cidade grande, cheia de gente, boa de treinar. Acampariam afastados do centro. Ela que se enfiasse junto das outras ciganas pelas ruelas. Que os homens negociassem bugigangas na entrada da cidade. As crianças se espalhariam para pedir esmola, assim não chamariam tanta atenção e evitariam perseguições. Acataram a ideia. O dia foi intenso e atarefado para as ciganas. Entre a previsão de uma grande escolha e um aviso de traição, Maria procurava seu nobre. Para os homens, a empreitada também foi muito proveitosa. O dinheiro foi tanto que se renderam a uma comemoração. Maria encontrou seu pai, por acaso, na taberna. Ele parabenizou sua estreia enquanto contava o dinheiro de todas as vendas feitas pelo grupo. Depois, iria repartir igualmente na caravana. Se despediram. As mulheres retornaram para seus afazeres: fogueira, comida, louça, filhos. Comemoraram o dia praticamente em silêncio, que era rompido quando chegava algum dos ciganos.

No meio da noite, Maria foi despertada pelo pai. Visivelmente bêbado, ele pediu que ela o seguisse. Não perguntasse nada. Voltaram para a taberna. Lá, havia um homem quase da idade dele, bem arrumado, que a olhava sem respeito. O pai de Maria tinha perdido no jogo.

A Morte

Durante a bebedeira, tinha apostado. Perdeu todo o dinheiro do bando. Sabia sua sentença: seria expulso da caravana. Família toda banida para sempre. Teriam que ficar na cidade e isso implicava ser preso, mais cedo ou mais tarde. Justa ou injustamente. O pai propôs a troca: sua única filha. Pareceu justo, uma vez que a negociação para o casamento entre ciganos era assim mesmo: quem pagasse mais podia escolher a esposa que quisesse, desde que tivesse no mínimo dez anos de idade. Era como um pagamento. Esse seria o mais caro já feito em um matrimônio.

Não pôde se despedir de ninguém. No caminho, Gregório foi se apresentando. Nada de castelo. Viveu uma vida de mulher. E só. Casa, filhos e marido. Um marido que bebia e que continuava jogando. Cada vez que perdia, dizia que seu azar no jogo era devido à sorte no amor. Era apaixonado pela beleza de Maria. E logo começou a colocar em risco toda a herança da família. Não bastava ter casado com uma ciganinha, agora isso. Deserdaram.

Na noitada que se seguiu depois da afronta familiar, ele se encontrou no balcão com o pintor Raimundo de Madrazo y Garreta. Encomendou mais uma dose e pediu um retrato dela. Raimundo era especialista em registrar as famílias da nobreza. Realizou o trabalho com capricho. As melhores tintas, o jogo de cores incluindo o marrom-múmia, cuja matéria-prima era tão rara de encontrar.

Gregório não tinha mais como pagar o quadro. O artista, então, não entregou a obra. Ele não se queixou. Maria, que nunca mais encostou em baralho, nunca viu o resultado do quadro, também não perguntou mais. Nada interessante aconteceu em sua vida. O tédio virou tédio mesmo. Tudo seguiu rotineiramente. Casa, filhos e, agora, viúva.

A Temperança

A história do quadro virou lenda familiar. Foi repassada como fábula de dormir, atravessou fronteiras de navio e foi contada em outras línguas. O quadro permaneceu com a família do pintor, que, a cada geração, se ocupava de recuperar os retratos fidalgos, remontando o acervo do artista. O conjunto foi vendido para o Museu do Prado, criado pelo rei Carlos III. Na onda nacionalista da Guerra Civil Espanhola, os ciganos passaram a mudar sobrenomes, desaprender costumes, a se fixar nas cidades, se misturar. Quando acabou a Segunda Guerra, a caravana de Maria estava dizimada. Os símbolos espanhóis, a identidade, o flamenco, a música, a comida.

No museu, uma ala inteira foi destinada ao pintor, no andar dedicado à história da arte do país. Sua clara influência realista e as qualidades nas expressões faciais compensavam o detalhe banalizante de ter sido um artista por encomenda. Na sala retangular, as laterais compridas foram recheadas de sobrenomes pomposos e rostos rechonchudos. De frente para a porta, a parede de fundo ostentava apenas um quadro. O foco de luz bem-posicionado, para reforçar os detalhes e contrastar com os outros. O espaço destinado à aglomeração, aos olhares curiosos, à contemplação especializada, mas principalmente para os turistas. Essa, sim, uma espanhola típica. A beleza exótica. O olhar fundo que abandonou o meio-sorriso. O fundo de cor indefinível. Os detalhes singulares da roupa. O xale, tecido semitransparente e preto, como os naipes de espadas e paus. O vestido bordado, decotado e vermelho, como os naipes de ouros e de copas. Para os que não são acostumados com o baralho, coração. Legenda: *Uma cigana.*

O Diabo

Maria Criado morreu de ataque cardíaco. O coração pifou sem mais, nem menos. Josefa ficou sozinha com as crianças e as tarefas da casa. Já José Maria se afundou na gandaia. Sem a mãe, ou justamente com a perda dela, passou a beber não apenas todos os dias, mas o tempo todo. Além de beber, começou a jogar e destruir a reserva financeira da família, assim como seu pai, Gregório.

Em algumas noites, depois do jantar, José subia em cima da mesa. O fio aceso, pendurado na calça, era o pavio da vergonha e da falta de paciência de Josefa. Mas era um momento de distração para os filhos, que riam. Não entendiam o que ele cantava. E Josefa explodia de raiva por dentro. Não sabia mais se era melhor ele em casa ou fora. O ônus era apenas a peregrinação humilhante na boemia atrás do marido.

José Maria aprontava cada dia mais e mais. Se anestesiava cada noite mais e mais. Jogador inveterado, boêmio assumido, dançarino. A alma da festa onde passava. Quando saiam aos tapas, além de apartar a briga, ainda subia na mesa e fazia sua performance com o fogo no rabo. Era da turma do deixa disso, do tipo a vida só se vive uma vez e topava qualquer tipo de desafio que lhe propusessem.

Numa das noitadas animadas, um qualquer propôs roleta russa. José Maria topou. Ele que achava que tinha sorte no jogo. Até quando a sorte era ao revés.

Josefa parou de precisar correr de bar em bar.

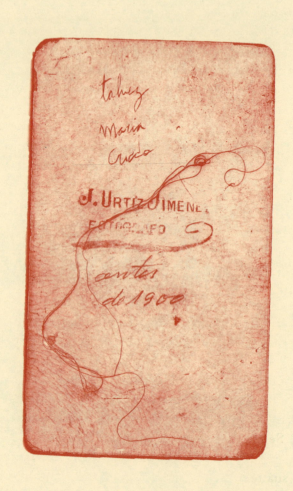

A Torre

Depois do velório simplório, uma vela de cada lado, todas olhavam para Josefa como a própria tragédia. Cada olhar que recebia na rua reportava Josefa à dor, devolvendo-a para o luto. Não era mais casada com José, mas agora era casada com a pena. E com a reprovação. Porque, afinal, era mais uma família de espanhóis dramáticos e devassos. Talvez fosse até um pouco culpada. Negligente. Ou muito rígida. Ou frígida. Ou louca.

Sua vida estava cada vez mais de pernas para o ar. Tão de ponta cabeça quanto a pontuação que insistia em usar como na Espanha. ¡Porque nem nas pontuações os brasileiros deixavam claras suas intenções! Até de quem era simpático, ou oferecia ajuda, sentia raiva. Mesmo com tudo virado, o rio não refletia mais o céu.

A vida de viúva, graças a Maria Criado, ela sabia bem como era. Vestir preto para sempre e ser muito mais vigiada do que antes. Deveria ser fiel e leal à perda. Ela que não saísse sendo desrespeitosamente feliz.

Agradeceu por estar no Brasil e não na vilazinha, onde estaria condenada a viver a performance daquele luto para todo o sempre, de forma compulsória.

Ao pó voltarás. Deus quis. Se ficou doente. Deus quis. Um único filho homem. Deus quis. Se ele se matou. Deus quis. Se ele sustentaria a família. Deus quis. Se agora estavam na miséria. Deus quis. Se não poderia mais voltar para sua terra. Deus quis. A casa caiu. Foi a mulher que derrubou com as próprias mãos.

A Estrela

Durante um tempo, o único assunto com Josefa eram os pêsames. Mas, aos poucos, começaram a criar histórias para fingir intimidade. Amigos que se diziam os melhores. Que mentiam. Soube que iam ao redor do caixão beber e jogar. Que começaram a atribuir milagres. Rezavam as más línguas que queriam abrir o caixão para matar as saudades dele. As polêmicas do morto percorreram a cidade rapidamente.

Foi aí que soube. Um maluco recém-chegado da França tinha surrupiado o corpo de seu marido e o mumificado. A pessoa cobrava para que vissem o esquife, como faziam com as múmias egípcias. Vejam: a primeira múmia brasileira. Justamente o marido que nem brasileiro era. Corpo cadavérico e chupado, escurecido com o processo. Ele dizia: que bonito esse rosto. Vejam, será tal e qual viveu para sempre. Importante para os estudos. Venham ver. Aqui entrou o buraco de bala. Sim, foi um jogo. Na têmpora se matou. Foi assassinado porque devia dinheiro. Olha a cara de safado. Devia estar tão bêbado. Pobre alma. Como deixaram isso acontecer? E olhe que família mais descuidada. Como pôde? Já ouvi que a viúva vendeu o defunto pra mumificar. Que horror. Dizem que ficou rica fazendo isso. Nossa, que horror de mulher.

A Lua

Josefa foi conversar sobre a falta de respeito com o corpo do marido. O francês argumentou que investiu muito dinheiro, que, além do quê, pagou para o tal do amigo desenterrar, mumificar era coisa cara, que eles estavam fazendo um favor de eternizar o marido dela, olha a importância histórica, isso era o mais importante, já não fazia diferença nenhuma, que ele não era propriedade da família, que parasse de drama e que, se ela continuasse atrapalhando seus negócios, seria ainda mais exposta, ele sairia dizendo que foi ela mesma que desenterrou o morto.

Josefa soube que a múmia do marido foi emprestada para o circo. Agora, as pessoas, já achando engraçado falar do assunto, perguntavam se ela e as filhas recebiam entradas grátis.

A múmia ficou em um velho depósito, passou um tempo em um antiquário, vendida para uma faculdade de Medicina e, por fim, foi parar num museu. O cadáver entre quadros, esculturas, objetos indígenas escavados. No museu, José Maria tinha virado um item. Pouco tinha da expressão original, boca semiaberta como se ainda fosse dizer algo. Olhos fechados, fundos, olheira dobrada. O inconfundível tom de pele fumê. O frisson da coleção. É arte, diziam. O corpo do marido desabrigado do descanso. Josefa xingava todos aos sussurros. Em várias línguas, que tinha aprendido assim.

Ficou conhecida na cidade como a mulher da múmia, a viúva do museu, a andaluza triste, menos castelhana. Cleópatra, a namorada de Tutankamon. Qualquer coisa, menos Josefa.

Passaram a não sair mais de casa. Aproveitava para costurar bastante. Ensinar as filhas a costurar, a cozinhar. Virar a tortilha. Contava as histórias familiares. E sobre a Espanha. Do jeito que sabia.

Ensinou as filhas a criar pratos com o que havia. O prato era muito mais que uma *paella* sem carnes, mistura — era receita passada de mãe pra filha. Dizia que era uma comida típica. Não queria contar para as filhas que na Espanha chamavam aquilo de arroz de pobre.

Arroz à Ruiz

4 séc. de arroz amanhecido
3 ovos
100 gr. de queijo
1 punhado de salsinha
1 lata de milho
100 gr. de presunto picado
      ou o que tiver.

O Sol

Quando chegaram ao Brasil, não acharam álamo. Ninguém sabia o que era. Lá na Espanha, eles chamavam de plátano de sombra. Uma vez, um estrangeiro que passava em Vilvestre tinha dito o nome científico. *Populus nigra*. Josefa guardou esse nome.

Álamo deveria ter origem árabe, pois essas palavras com *al* tinham essa origem. Alface, almofada. Mas não. A palavra vem do grego *alamarius*, que, em seu contexto, significa vitorioso em cima dos fortes. Pode ser usada quando se consegue algo que, aos olhos dos demais, seria quase impossível.

Ela buscou árvore da tal popula, semente de papolu. No Brasil, uma vizinha disse que tinha sementes. Ela achou estranho o tamanho e o formato e resolveu reproduzir a receita com as sementes. De papoula. Era uma flor, no fim. Ela não quis dar o braço a torcer e jurava que sentia o mesmo gosto na geleia. Comiam e tinham sono.

Assim, ela se distraía das saudades de José Maria. Que antes com ele do que sem ele, sentia falta das peças que pregava em represálias da vida boêmia. De arrumar só metade da cama, de lavar a roupa de sair sem tirar as manchas, para que não saísse pra gandaia tão aprumado. De fazer suas receitas favoritas errando a dose do sal ou da pimenta. Se ele tivesse vivo, se não viesse para o Brasil, se não tivesse casado, se tivesse fugido, se tivesse casado com outro.

O Julgamento

Quando caiu em si, tinha comida no sofá, brinquedo na geladeira, roupa no jardim. Josefa lidando com o fato de ter ficado viúva. Na verdade, não queria ficar bem; a dor era seu último vínculo com José Maria. Passou muito tempo sonolenta. Muito tempo remoendo o passado.

Não queria mais ser apontada como uma celebridade do avesso: nem cochichos, nem sorrisos amarelos, nem piadas, nem olhares atravessados. Decidiu que tomaria as próprias rédeas. Sair da tristeza. Sair de Porto Alegre. Uma decisão para chamar de sua. Como o álamo, que perde todas as suas folhas no outono e retorna inteirinho todos os anos. Retorna nem que seja em formato de flor. Assunto enterrado. Josefa não sentia mais o luto pela pessoa que ela era antes do luto.

Sabia costurar. Sabia cozinhar. As filhas ajudariam e ponto. Recomeçaria em uma cidade que estava recebendo imigrantes. Josefa resolveu ir para Curitiba.

Quando desceram na estação, pessoas apressadas empurraram. Resmungaram, xingaram. Porque perceberam que eram estrangeiros. Porque perceberam que estavam perdidos. O povo se dispersando na praça e eles ali, com as malas na mão. Josefa se imaginou por cima do mapa-múndi, um ponto no globo. Do outro lado do planeta e ninguém pela família dela. Não estranhou.

Lá, foi se dedicando a costura e pequenos reparos. As filhas ficaram moças. Juntas, montaram uma loja de roupas e chapéus, com flores de tecido. Cada uma encarregada com uma parte da confecção. Montavam os modelitos e desfilavam no calçadão para chamar a atenção dos passantes. Desfilavam, mão na cintura, chamariz para a loja.

Naquela cidade, tinha freguês vindo de tudo quanto

é lugar do mundo, e Josefa tinha que se acostumar com o jeito de cada colônia, com cada sotaque. Atendia todos sem simpatias. As filhas é que se comunicavam, quase ninguém falava português direito. Suas filhas prosperando na confecção. Mas, para manter Josefa ocupada, elas a mantinham na função de descosedora de costura.

Imigrantes são forasteiros. Ali, todos eram forasteiros. No cotidiano das vendas, viam de tudo: famílias de portugueses que faziam trajes para todos os bailes dos clubes que iam, polacos que não deixavam a família falar, alemães que fingiam que não eram. Italianos, turcos, japoneses, ingleses, franceses, ucranianos, coreanos. Todos chegaram aos montes. Em comum, só a sensação de despertencimento.

Era claro que ali ninguém se sentia em casa. Tampouco se sentiam no Brasil. Era um não lugar. Uma fronteira. Um lugar de passagem e cada um, por desatino do destino, foi parar ali. Um lugar de desajustamento. Uma cidade inteira que se sentia como ela. As grandes guerras que foram passando apenas acentuavam essa sensação.

Foi questão de tempo para cada filha casar. Josefa estava conformada com a ideia de que, para sobreviver, elas teriam que aprender a sacrificar algo. Sabia que era assim que funcionava. Aprendeu ouvindo a lenda do *pueblo* de Simancas, de Castilla y Leon.

Na época do rei mouro Abderramán II, as cidades deveriam ceder ao todo cem donzelas para seu harém. Em Simancas, seriam sete. Cortaram as mãos das jovens. *Si mancas me las dais, mancas no las quiero.* Funcionou. Abderramán montou seu harém apenas com noventa e três virgens.

As filhas de Josefa se casaram com descendentes de imigrantes, como elas. De etnias distintas. Josefa decepou sua exigência sobre a origem dos maridos. Que esse, ao menos, não bebe. Esse outro, ao menos, é da tua idade. Esse outro, ao menos, não bate. Esse outro, ao menos, não joga.

E Josefa foi morar com a filha mais velha. A casa era herança da família do marido dela. Pé direito alto, mármores, janelões, jardim. Uma casa é testemunha da história das pessoas, acompanha gerações. Aqui, não se tira o quadro de vovó. Essa estante veio da Itália. Aquela porcelana, da Alemanha. Vários objetos permanentes. Quebráveis, queimáveis, deterioráveis. Mas irremovíveis. Tudo na casa contava a parte de seu genro. Tudo, como todas as pessoas, eram dele.

Já as coisas de Josefa cabiam apenas em uma mala. Poucas roupas e um quadro de José Maria. Foi morar no quarto menor, que apesar de seu tamanho, cabia um grande espelho.

¿ como te ha tratado la vida ?

O Mundo

Aos poucos, em Curitiba, se sentiu em casa. Frio. Adorava observar as árvores de álamo, que finalmente chegaram da Europa para o paisagismo e enchiam as alamedas. Tinha réplica de templo egípcio, com múmia dentro. De uma sacerdotisa. Tinha ruínas no alto de um morro ao lado da igreja, que todos só lembravam como ruínas mesmo. Como se tivesse sido construída para ser ruína.

Josefa ia se lembrando de cada época. Lembrava o que passou, quando só pensava nos problemas. Mas, agora, lembra cada uma como se fosse a melhor fase de sua vida. Olhando para trás, tudo era sempre passageiro.

Até sua falta crescente de memória era provisória, porque uma hora não teria mais consciência dela. Agora, coisa vivida, boa ou má, era sua sorte.

Morou com a família admirando suas resignações. Se divertiu com as discussões sobre datas e fatos da família que nunca coincidiam. Pedia que lhe contassem sua própria história. E, quando não gostava, pedia que contassem outra versão melhor.

Poderia remendar sua história e repassar para os descendentes como bem entendesse. Enterrar José Maria e voltar para Vilvestre. Mesmo que não. Esquecer que um dia já precisou falar português. Um destino para chamar de seu.

Agora, o cemitério é apenas mais um cemitério. O circo, apenas mais um circo. O bar é qualquer bar. Museu é pra ver quadros. Ali, poderia se esquecer de tudo e se perder. Poderia chamar a neta pelo nome da sogra, a filha pelo nome da irmã e o filho pelo nome do marido. Não precisa mais ser forte. Ela não precisava mais ser um castelo. Cada um já havia levado um pedaço seu.

Em Curitiba, se sentia em casa porque ninguém se sente em casa. Lá, normal era isso. Porque naquela cidade todo mundo é descendente de imigrantes. O sentimento de ser despatriado organiza a cidade, toma conta das ruas, enche de ranço cada sorriso dado por obrigação, espalha pelo chão detalhes para que se olhe sempre para baixo. Se olham para cima, é para reclamar do clima. E sonha, um dia, em se mudar para alguma Santa Felicidade.

QUEM

Se depois de eu morrer, quiserem escrever a minha biografia,
não há nada mais simples. Tem só duas datas —
a da minha nascença e a da minha morte.
Entre uma e outra, todos os dias são meus.

FERNANDO PESSOA

AQUI, TODO MUNDO É MARIA. Tias, primas e quase todas as minhas irmãs. Maria também é o nome da vó da minha mãe. Menos a minha mãe, que é Inocência, que sumiu. E menos minha vó, que se chama Lia, que seria um nome bem engraçado se ela gostasse de livros. Que nem eu. Mas não tem graça, porque ela não sabe ler. Mas quase todo resto que eu conheço é assim. Maria.

MARIA MARGARIDA. Maria Antônia, Maria de Jesus, Maria Conceição, sempre Maria alguma coisa. Ou tem um nome meio engraçado. Minha irmã mais velha se chama Umbelina, que eu acho que parece umbigo belo. Quando nascem os bebês, fica aquele negócio pendurado, que é muito feio. Não sei porque deram esse nome esquisito pra ela, se estavam sem ideias. Ela não acha graça no nome dela, mas eu nem sei do que ela acha graça. Tem até Maria da Graça, que é vizinha, e Maria da Encarnação, que é lá do outro lado.

ATÉ MEU VÔ É MEIO MARIA, só que é Mário. Ele trabalha fazendo bolo e doces. E traz pra gente quando é aniversário ou alguém tá triste. Eu tô bem triste, então acho que uma hora dessas ele vai aparecer com doces. O nome do meu bisavô é Tristão. E não é nem triste e nem alegre. Na verdade, eu não sei, porque ele é bem velho, e os olhos dos velhinhos são sempre um pouco tristes e um pouco alegres. E também não sei porque ele é meio envergonhado. Que nem eu. Mas tudo bem ser assim, porque eu gosto mesmo é de brincar sozinho.

EU GOSTO DE NOMES, então quando não tenho nada pra fazer eu crio nomes, cuido da minha coleção de selos ou leio. A parte que eu mais gosto da coleção é a dos selos de todos lugares que eu já fui. Quando tiver idade pra viajar, quero ir pra todos eles.

PRA LER, GOSTO DE QUASE TUDO. Mas tem um livro que eu gosto mais que todos, é tipo um caderno, que é a história da família. Dos antigos que foram famosos. Dos homens, né. Que já foram crianças, mas que um dia vão ser alguém bem poderoso. Que nem eu.

O CACIQUE TIBIRIÇÁ, por exemplo, é meu bisavô quatorze, o certo é décimo quarto. Tibiriçá foi o primeiro índio que conversou com o padre Anchieta e até mudou o nome pra Martim Afonso. Eu acho cacique bem mais legal, mas, se ele prefere Martim, o gosto é dele. Ele gostava tanto dos padres que até lutou contra os outros índios.

TEM ESSA HISTÓRIA mas tem várias várias outras bem legais também. Meu outro vô, o Francisco, escreveu esse livro. Ele é de Itu, uma cidade lá no interior de São Paulo que dizem que tudo é grandão. Ele nasceu e cresceu lá, onde as histórias são bem exageradas, mas não são mentiras, só aumentaram um pouquinho.

NO LIVRO, TÁ ESCRITO QUE ITU, em tupi-guarani, significa queda-d'água, cachoeira. É também uma árvore bem gigante. Tem flores verdes e amarelas, e umas vagens comestíveis que dentro parecem uvas passas por dentro. A madeira dela é meio vermelha, super dura e é boa pra fazer canoas, caravelas, taperas e pontes. Acho meio exagero isso tudo. Uma árvore ser barco e uva passa.

A ÚLTIMA COISA QUE MEU VÔ ESCREVEU foi sobre a história dele. Que ele se casou, mas teve que se mudar. Acho que a família tinha uma fazenda com escravos. Minha vó é negra. Mas a família da minha mãe não veio de lá, é diferente. Eu acho que é isso que a gente não fala com a família fazendeira do meu pai. Eles podem ter fugido juntos pra cá.

NÃO SAIO DE CASA NUNCA NUNCA. Nunca saí. Só vou até o quintal de trás. Lá, eu converso com a vizinha, a Maria Encarnação. Mas ela é velha. A cara dela parece a casca de uma árvore bem escura. Na primeira vez que me viu, ela levou um baita susto. Ela tava pendurando uma montoeira de roupa branca. Eu antes tinha muita raiva dela, porque ela mata as galinhas que eu dou nome. Mas depois ela até me convidou pra ir nas festas da casa dela. Eu vou rapidinho. Às vezes, como algum doce e chispo embora.

Mas é bem divertido, um batuque bom e um monte de gente vestida de branco dançando. Os homens ficam tocando tambor. Mas, pras mulheres, é mais divertido. Tem uma hora da festa que elas colocam até umas fantasias, umas saias coloridas por cima da roupa mesmo, colar, pulseira, gargalham, bebem e até jogam cartas no meio da festa. Nessa hora, todas elas também são Maria alguma coisa: Quitéria, Padilha e Mulambo. Elas dançam tanto tempo que até dormem dançando. Ela fala que é coisa lá da família dela, que veio da África.

EU JÁ FUI PRA ÁFRICA. Lá tem elefantes. Quando eu imagino eles fugindo, eu imagino eles nas costas de elefantes. Mas não sei se é uma boa ideia fugir num bicho tão gigante. Mas acho mais divertido imaginar assim. Aí, imagino que, aqui no cemitério da frente, as casinhas com várias gavetas são pra guardar os elefantes em pedaços.

EU NÃO ME LEMBRO DA MINHA MÃE DIREITO MAIS. Desde que ela sumiu, faz tempo já. Quando chega carta, eu fico esperando que seja carta dela. Mas nunca é. Eu já perguntei, mas não me respondem. Porque ninguém tem tempo. Aí, ela sumiu e ninguém fala nada. Porque ninguém tem tempo de falar muita coisa. Acho que ficam tristes com a minha tristeza e preferem não falar pra não ficarem tristes. A tristeza atrapalha quando você tem uma coisa importante pra fazer. Tem que parar o que tá fazendo pra chorar.

MEU PAI, QUANDO TÁ EM CASA, fica na escrivaninha escrevendo. Ou na poltrona lendo, que nem eu. Ele escreve poesia, que é texto em bloco. Ele não brinca, só escreve. Às vezes, pego ele chateado porque chorou e borrou o poema novo. Não entendo por que ele continua fazendo uma coisa que deixa ele tão triste.

MEU PAI TRABALHA PRA GUERRA, mas não tem guerra agora. Ele era muito novo na grande guerra, mas sempre fala que tá prontinho pra próxima, que ele acha que vai ter uma a qualquer momento.

EU GOSTO DE GUERRA. A guerra me deixa feliz. Quando os trovões começam, eu imagino bombas caindo em volta da minha casa. As casas ficam em ruínas igual nas fotos. Eu gosto de ruínas. Eu demoro um tempão montando castelos e cidades só pra ver destruir. Me imaginar numa guerra faz eu me sentir importante. Meu pai tá esperando começar a guerra. Que nem eu.

NÃO TENHO COM QUEM BRINCAR, ENTÃO EU INVENTO. Pego essas histórias e posso inventar que eu conheço. Não faz muita diferença. É que eu sei como todo mundo trata uma criança. Até como um cachorro trata uma criança também. Mas aí depende como esse cachorro foi tratado pelas crianças.

UMA VEZ, um menino veio aqui em casa e falaram que ele chutou a minha cachorra Pandora. Quando vem tempestade, eu vou pra baixo da cama, tapo os ouvidos e vem uma bomba caindo na cabeça desse menino. Não sei onde ele mora, então os soldados também não sabem, aí é melhor jogar em vários lugares. Quando eu for soldado, vou acertar essa bomba.

O RUIM DE BOMBA é que passarinhos se assustam e vão embora. Eu gosto de desenhar passarinhos em folhas soltas e deixar no quintal para eles voarem. Coloquei um dentro da gaiola vazia e, mesmo a folha podendo passar entre as grades, o desenho nunca voou.

PEDRO ÁLVARES DE CABRAL é meu décimo quinto bisavô. Mas não é o Cabral famoso que descobriu o Brasil, esse é outro. Ele é um juiz ordinário, que viveu na ilha dos Açores. Aí como ele abandonou a família dele, pode ter morrido em Portugal. Ou não.

EU NÃO SEI O QUE QUE É UM JUIZ ORDINÁRIO. Porque se ordinário é xingamento, como que tem um juiz que é do mal, se ele que tinha que dizer o que é certo ou errado?

EU CRIEI UMA CORAGENZINHA PRA FALAR COM O MEU PAI, mas aí a coragem se espatifou junto com o vidro do porta-retrato que eu derrubei. Sobrou só a foto da minha vó Brandina. Ninguém fala dela, nem tem nada nesse livro, então pra mim ela é só essa imagem mesmo. Igual às outras dessa estante, que são da família que não tá mais

aqui na terra. O livro fica guardado na gaveta do armário.

A MINHA VÓ MORREU QUANDO MEU PAI ERA CRIANÇA. Ela desencantou, ele falava. É um jeito mais bonito de dizer uma coisa muito muito triste. Mas parece que antes, a morte nem era isso tudo mesmo. Se perdiam um filho, passava logo, porque tinham muitos. Ou se morria a mãe, o pai casava logo com uma mãe nova. Eu acho que ele não lembra muita coisa dela.

MEU PAI ERA O MAIS VELHO DE CINCO IRMÃOS. Depois que a vó Brandina morreu, meu vô enviou meu pai para um colégio interno. Lá, ele fugia pra dentro dos livros de poesia, ficava aprendendo palavras como 'desencantou'. Aí, de lá, ele seguiu carreira militar, que é como fala quando a pessoa trabalha em aprender a matar as pessoas de outros países.

SÓ MEU PAI VEM AQUI E LÊ. É uma coisa dele. Um monte de livro e ninguém mais lê. Eu fico aqui na biblioteca do meu pai. Aqui, às vezes, ele conversa um pouco comigo. Não muito. É mais companhia de leitura mesmo. Sempre assim:

QUEM TÁ AÍ?

SOU EU, PAI.

AÍ ELE VOLTA A LER OU VER AS COISAS DA MESA DELE.

SERÁ QUE A PESSOA, quando morre, queima a biblioteca dela junto? Ou se os livros vão pra algum lugar e ninguém lê, elas são um cemitério-pensamentos. Se alguém vai e lê o pensamento que sai do livro e vai pra cabeça dela, é o pensamento-fantasma daquele livro. Meu pai às vezes lê coisas e fica triste. Poesia tem muitos pensamentos-fantasma.

A IRMÃ DA MINHA MÃE veio varrer o vidro estilhaçado. Essa minha tia falou que vai morar aqui. Meus irmãos dão trabalho e ela tá ajudando a minha vó e minha irmã enquanto minha mãe não vem.

LAVAR.

PASSAR.

VARRER.

TIRAR PÓ.
PASSAR PANO.
COZINHAR.
MANDAR PRA ESCOLA.
ESTENDER.
RECOLHER.
COMPRAR PÃO.
MONTAR A MESA.
SERVIR O PRATO.
RECOLHER TUDO.

ACHO QUE O SONO, isso sim, é o tempo que ela tem pra fazer as coisas dela. Deve ser, porque ela acorda com cara de cansada. Que não dormiu direito. Que nem eu. Meu pai sempre fala, filha mulher tem que pedir permissão pra casar, não botei filha no mundo pra lavar cueca de marmanjo.

EU NÃO SEI QUEM É o tal desse Marmanjo, mas acho que ele quer que todo mundo fique morando na casa dele pra lavar só as coisas dele. Minha e dos meus irmãos. Ele deve sujar muitas cuecas pra minha tia ficar tão cansada.

A GENTE CHAMA ADULTOS DE TIO E TIA. Mas ela eu sei que é irmã da minha mãe. E não consigo entender por que ela fica só lavando cueca, pra não lavar a do tal Marmanjo, e também por que não tá procurando a irmã dela.

ELA É MUITO ORGANIZADA. Tudo tem o lugar certo e a hora certa. Ela sabe bem onde que guarda cada coisa. O que que cabe em cada coisa. Menos saudade, que saudade ela guarda até vazar. Meus irmãos falaram da minha mãe, ela ficou quieta. Meus avós falaram e nada. Meu pai falou que estava sentindo falta e ela foi no quintal chorar, enfim. Não sei onde que ela tinha guardado a saudade. Mas ela arruma tão bem a casa e cuida da família que ela tem até hora certa de chorar. Eu não sabia. Eu sou um bagunceiro mesmo.

ENQUANTO TEM GENTE DORMINDO, acho que o hoje ainda pode ser ontem. Eu preciso de alguém pra me fazer companhia, porque às vezes eu não durmo. Fico ouvindo o tique-taque do relógio na casa silenciosa e a cabeça fica pensando. Mas eu tenho um amigo que ninguém vê. Ontem-hoje. Hoje-ontem.

ELE QUE ME CONTOU que minha tia dorme no quarto do meu pai. Acho que é porque não tem espaço nos outros quartos. Se ela fosse ficar pouco tempo, podia dormir na sala. Eu ainda não dei nome pro meu amigo. Vou escolher um nos livros que eu tô lendo.

DESDE QUE ELA SE MUDOU PRA CÁ, ninguém tá triste mais. Ela não sorri, mas todo mundo parou de ficar triste de repente. Ou ela arrumou a tristeza de todo mundo, ou eles estão disfarçando. Adultos disfarçam, não choram à toa. Mas também fazem coisas que não fazem sentido, como matar o próprio filho.

LEOVIGILDO É REI DOS VISIGODOS, meu trigésimo sexto bisavô. Ele e a galera dele expulsaram os romanos da Espanha e de Portugal. Em uma de suas lutas, ele matou seu próprio filho, São Hermenegildo, que acreditava em Deus mas Leovigildo não. Deu pra ver.

OS MEUS IRMÃOS ACREDITAM EM DEUS e outros santos, que eu acho que é como se fosse um amigo imaginário. A parte que não é imaginária é porque eles têm umas estátuas. Mas eles tiram sarro de quem tem amigo imaginário, essas coisas. Falam que é coisa de criancinha. Como se a inocência fosse algo ruim. Eu não acho ruim ser criança. Eles brigam entre eles todos, e eu não brigo. Eu fico só de castigo. Castigo é quando você não pode brigar, só pode ouvir e obedecer.

AÍ DE CASTIGO QUE GOSTO MAIS AINDA DE FICAR LENDO, porque se começam a falar coisas que não são pra criança ouvir, eu ouço. Isso eu disfarço bem. Acho que é porque eu tô crescendo e crescer é aprender a disfarçar bem.

TENHO QUE FICAR DE FRENTE, porque tenho certeza que se me virar de costas eles vão virar monstros e vão me pegar. Isso me apavora sempre que eu vou tentar dormir. Aí, eu criei um clube pros amigos que eu ainda vou fazer. Aí, não vou mais ter medo de nenhum monstro. Meu pai tem clube dos militares, de leitores e até clubes dos escritores.

ORDOÑO, REI DAS ASTÚRIAS, é meu vigésimo sexto bisavô. Ele teve seis filhos de nomes também horríveis: Nuño, Fruela, Odoario, Leodegundia, Vermudo e Alfonso II, o Grande. O Alfonso que herdou o reino quando o pai morreu. Os irmãos não gostaram. Aí então, ele mandou cegar todos eles e fim.

MINHA TIA PASSOU MAL, aí veio um médico aqui em casa. A gente tá aqui com um problema que não pode sair muito de casa, senão fica doente. Chama gripe espanhola. Eu não sei por que meu pai não matou logo os espanhóis que estavam com essa gripe e resolvia. Não sei pra que serve aprender as coisas da guerra e não usar. Ficar atirando em alvo que não fez nada de mal pra ninguém.

O MÉDICO CHEGOU DA RUA COM UMA MÁSCARA GIGANTE, que parece que tem um bico. Aí, o médico foi atender minha tia. Eu me preocupei, né. Porque se a minha tia pega essa gripe, meu pai que dorme no mesmo quarto e até a gente que come a comida dela vai ficar doente também.

TODO MUNDO ESPERANDO QUE FOSSE DOENÇA, mas nem era. Minha tia está grávida do meu pai. Eu não entendo como pode isso. Meu pai vai ter um filho com a minha tia. Eles falaram que um dos sintomas da gripe espanhola é a gente ficar meio paralisado. Com frio. Eu acho que tô com isso.

MEU IRMÃO MAIS VELHO SE CHAMA ARISTOPHANES, mas chamam ele de Tocha. Acho que ele não conseguia falar o nome dele. Aí, o nome ficou Tocha mesmo. O Tocha é o meu irmão mais engraçado de todos. Mas hoje o Tocha falou na mesa com um amigo dele que não tinha problema nenhum nisso de ele casar com a tia. Quando alguém tem filhos pequenos, é normal se casar com a irmã. Eu não sabia que pode. Se era uma piada dele, eu não achei graça. Fico só pensando o que vai ser quando minha mãe voltar. Ela vai ficar muito brava e brigar com a irmã. Ou vão fazer as coisas juntas na casa pra ter menos trabalho.

TUDO BEM QUE MEU PAI ERA DE FAMÍLIA RICA e lá se casavam entre a família para não perder as terras. Primo com primo ou até tio com sobrinha. Mas aqui não tem terras de passar de pai pra filho. É só a casa da minha mãe, que não volta nunca. A vida seguiu apesar da Inocência, eles disseram. Eu fiquei com raiva.

ELES RIRAM MUITO. Fazem isso aqui tão alto quando bebem. Bebem e falam alto, e começam a falar mais difícil. Meio enrolado. Aí, não adianta nada querer ser adulto. Porque tudo que eles falam que é

pra criança parar de fazer, eles fazem. Gritam, derrubam as coisas. A gente quer ser adulto logo para poder fazer tudo. E adulto que fica doido, para poder se sentir criança de novo.

ELES FALARAM QUE IA SER BOM BEBER para esquecer tudo o que passou. Eu não sei o que é esse tudo, mas acho que tem a ver com a minha mãe. Eu já tentei ser adulto e tomar um gole daquele negócio que sobrou no copo. Mas é amargo. Acho que ser adulto é aguentar coisa amarga e achar graça.

FERNÃO DE CAMARGO, O TIGRE, é meu nono bisavô. Ele expulsou os padres de São Paulo e acabou causando uma guerra entre as famílias Pires e Camargo, que durou vinte anos. Os Camargo, na verdade, antes eram ciganos. Tigres, amargos e ciganos.

PODE MUITO SER QUE A MINHA MÃE FOI EMBORA. Que ela cansou da família. Que ela agora vive um pouco em cada lugar, como os ciganos. Me dá muita raiva pensar nisso. Se for isso e ela voltar, acho que vou falar pra ela que não tenho mais mãe. Ou vou falar que eu tenho outra mãe. Nem que seja a minha tia. Porque acho que a hora que ela aparecer, toda a falta dela vai ficar maior. Ela não pensou em mim. Ela podia ter me levado junto. Na verdade, eu não me lembro da minha mãe. Eles lembram. Ela cuidou dos meus irmãos. Ela cuidou deles. Eles vivem normal, eu que tô sem mãe. Mesmo que cada irmão seja de um jeito.

O TOCHA, POR EXEMPLO, geralmente dorme até bem tarde e sai pra trabalhar quando eu já fui dormir. Ele é baterista e toca em tudo quanto é baile. Festa de polaco, alemão, italiano, espanhol, japonês, turco, cada um no seu clube. Não pode misturar muito, porque dá briga. E sobra cadeirada até pra banda. Por isso, tem um clube para cada um. Pra deixar todo mundo contente, o grupo chama Orquestra Internacional.

AÍ SEMPRE PERGUNTAM PRA ELE DE QUE FAMÍLIA VOCÊ É? Os meus irmãos, que são Pereira Mendes, não iam ser aceitos em casamento tão fácil pelas famílias, porque não somos filhos de europeus. Nessa hora, o lado português da família do meu pai não é europeu. Eu sei disso, porque o Tocha gosta da Virgínia. Já tentou se aproximar da família dela, mas não deixam.

QUANDO ELE VAI TOCAR, fica esperando que ela chegue, é o momento preferido. Ou meu irmão virava músico, ou seguia carreira militar, como meu pai. Mas acho que a Virgínia preferia que ele fosse militar. Cada um dos clubes é de um jeito, a Virgínia está em quase todos. Acho que os pais querem arranjar um bom casamento pra ela. Ela é atriz de rádio e telefonista. Eu já vi o Tocha telefonando várias vezes e, no horário dela, a casa toda tem que ficar em silêncio. Mas muito antes ela queria ser freira. Foi para um convento na Itália. Lá, ela foi intimada pelo padre. Você vai ser minha. Paralisou. Aqui, toda freira é esposa de alguém. E você vai ser minha. Ela fugiu de volta pro Brasil. A família dela não quer que ela seja nem mulher do padre. Família exigente.

ACHO QUE O TOCHA nunca vai conseguir namorar com ela, porque não pega bem um músico ficar puxando papo com os convidados. No caso do baiano, o trompetista, eles não deixam mesmo. Arrisca eles ainda tratarem a banda mal ou trocarem pela Orquestra Sumaré, que tá em todas.

AS MINHAS IRMÃS TOCAM PIANO EM CASA, mas não trabalham. Está com frio? Pegue esse casaco. Mas pra fome, nunca. Elas não perguntam se alguém tá com fome. Sempre tem comida nos mesmos horários.

É TIPO UMA MÁQUINA, a água ferve, liga o café, que liga o pão, que liga os pratos na mesa, que liga o meu pai, que senta. Quando ele puxa a cadeira, liga a minha irmã, que coloca os pratos, que liga a boca do meu pai, que, quando começa a mastigar, liga a fome delas, porque até ali elas não começam a comer. Quando ele levanta da cadeira, ligam de novo as minhas irmãs, que, enquanto lavam a louça, falam de como elas vão ligar o almoço. Eu sabia que enquanto tivesse cheiro de lenha na casa, elas estavam funcionando.

ANTÔNIO BICUDO É MEU DÉCIMO BISAVÔ. Ele invadiu, quer dizer, conquistou as aldeias dos índios que eram até canibais. Parece que ele fez tudo isso sem fazer bico. No livro, o desenho dele é um homem com uma espada e gritando.

COLOCARAM A FOTO DA MINHA MÃE NA PRATELEIRA DAS FOTOS. Eu gosto de mexer as coisas em casa, mas só faço isso quando não tem ninguém olhando, já que eu quebro muita coisa. Às vezes, entram assustados e eu finjo que estou lendo.

EU GOSTO DE BRINCAR COM UMA RODA cheia de letras e números do meu pai. Foi com ela que eu aprendi a ler. Ele guarda na biblioteca e usa uma mesa só pra ela. Às vezes, chama os amigos dele para jogarem também. Eles não se divertem muito. Mas sempre voltam.

MEU PAI ESCREVE SOLETRANDO COM ESSA MESA. Ele pega um objeto e deixa no meio. E devagar, só com um dedo encostado, vai indo letra por letra e anotando. Meio que o jogo é só isso mesmo. Não sei por que eles precisam escrever letra por letra assim. Até eu sei escrever mais rápido. Talvez estejam ensinando algum dos amigos a escrever. Mas fingindo que tão aprendendo junto. Isso que é ser amigo.

AS COISAS EM OUTRAS LÍNGUAS EU SEI LER, mas não sei dizer. Como o Heer der Kelto-Germanen Tribu van Condruz, que é o meu quadrigésimo quarto bisavô. Eu já percebi que fico franzindo a testa toda vez que não faço ideia de como se fala um nome. Esse eu não consigo nem dizer se acho bonito ou feio. Se eu ficar franzindo muito a testa, vou ficar com cara de casca de árvore, que nem a da Encarnação.

A VIDA DA ENCARNAÇÃO É ANIMADA. Ela faz amigos muito fácil. Além do monte de gente das festas dela, quem vem toda semana é a dona Hermínia. Ela é uma vendedora velhinha que fala com um R embolado e traz os leites e verduras em um cavalo que baba o tempo todo. Elas não se conhecem muito não, porque uma fica contando a vida todinha pra outra. Ou vai ver já tão com a memória fraca, também né. Aí, tem que repetir as histórias.

A ENCARNAÇÃO CONTOU que antes trabalhava na casa de uma família. Teve filhos tudo lá. Um dia, o moço, filho deles, chamou pra trabalhar aqui em Curitiba. Vieram. Aos poucos, ela botou reparo que ele tava muito de olho na filha mais velha dela. Mas ela tinha que ficar quieta. Se mordia e se beliscava pra não reclamar do jeito que ele bulia com ela.

UM DIA, ELE QUIS CASAR. Aí, que não gostava nada, mas tinha um lado que gostava, que a filha ia ter um futuro que ela não podia dar. Aí desistiu e aceitou. Não queria frustrar o patrãozinho. O que aconteceu é que ela continuou trabalhando pra ele, mas aí ela era empregada da própria filha. E olhe, a filha pegou gosto da vida de princesa. Mas aí que faz parte dessa vida tratar a empregada mal. Então, a filha tratava ela mal. Até que um dia falou que ela tava muito velha pro trabalho e mandou a mãe embora.

A ENCARNAÇÃO RESOLVEU que ia ficar ajudando as pessoas. A fazer umas boas rezas. Que já tinha salvado muito doente, como dona Hermínia, e ajudado muitos partos. Por isso, ela preferia assim. Agora, é muito da religião e que tá muito velha. Mas hoje em dia tem que disfarçar. Disfarçar que tá com uma dor em tudo, que anda pior que um bebê, devagar e de perna aberta. Disfarçar também quando vai fazer as oferendas. Dona Hermínia escuta horas bem quietinha e não é de falar muito. Que nem eu. A Encarnação fala de um jeito de que sabe muito das coisas.

TEM UMA COISA QUE É MAIS VERDADE QUE O MUNDO, que é a visagem. E visagem a gente tem de todo jeito. Tem dormindo, que é com sonho, que é a parte da vida que a gente tem, mas não é obrigado a se lembrar. Mas eu tenho visagem de outros tipos, também porque meus pais me deixaram esse dom. E cada vez vem de um

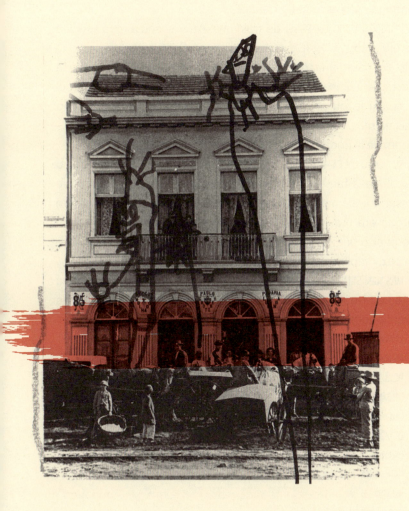

jeito. É voz soprada pelas plantas num vento gelado de janeiro. É sina que aparece na borra do café. Convém ouvir todas, senão a visagem se chateia e para de vir. Não é pra todo mundo. Tem gente que não acredita. Acredita?

E NISSO PASSOU UM BEBÊ, de fraldinha. Atravessou a roça todinha me olhando, devagar e de perna aberta. Carregava uma galinha pelo pé, paradinha, que nem se sacudia de ponta-cabeça e asa aberta. A galinha também me olhava. Essa galinha eu não dei nome. Aí levou pra um quartinho. Palmas, canto. Popó. Pôôô. Mais palmas. Depois, silêncio. O bebê voltou sem galinha. Depois, saíram de lá Encarnação e dona Hermínia. Não foi visagem.

EU TENHO UM CEMITÉRIO DE OSSOS DE FRANGO. Se morre um passarinho, eu coloco lá também. Faço uma reza. Não bato palmas, porque passarinho se assusta. Os desenhos de passarinho começaram porque era pra eu fazer as lápides. Faço só um desenho. Vou escrever o quê? Aqui jaz Piu. Saudades Piupiu Júnior. Descanse em paz, Piripipiu Terceiro. Não vou, né.

MAS NEM SEMPRE DÁ PRA BRINCAR NO QUINTAL, então às vezes eu fico na janela da frente espiando as pessoas passarem na rua. Pra elas, invento nome.

UNIVERSINA
BENVINDO
PERPÉTUA
DIAMANTINO
ONDINA
DEMÓSTENES
URÂNIA
HARMONIA
AMADO
ESCOLÁSTICA
ARNÓBIO
SUNNO

SUNNO, REI DOS FRANCOS, é meu quadragésimo primeiro bisavô. Pode ser que seja filho de Antenor, que lutou ao lado do rei Príamo na Guerra de Troia.

QUE LEGAL, UM REI PRIMO. Outro dia, meu primo Gonçalo veio aqui em casa e falou que minha mãe nunca mais ia mais voltar. Falou assim, na mesa. Eu fiquei triste, mas era uma boa explicação do meu pai achar que podia casar com a minha tia. Eu chorei baixinho. Acho que era a hora certa de chorar. Mas pensei que, graças à minha tia, eu não ia precisar morar no colégio interno e aprender a matar gente.

O BEBÊ DA MINHA TIA, que agora é meu irmão e meu primo, sorri pra mim toda hora. Mas eu não gosto muito dele, porque agora é tudo ruína. Mas ele ri, então acho que ele gosta de guerra e ruínas. Que nem eu.

ELE É O ÚNICO QUE BRINCA COMIGO. Aí, eu gosto até um pouco dessa história toda, porque o neném, que se chama Fernando, que nem meu pai, tem um riso banguela bonitinho e acho que gosta de mim.

FARAMUNDO, REI DOS FRANCOS, é meu trigésimo nono bisavô. Mas ninguém sabe se ele existiu de verdade ou inventaram. Vou chamar meu amigo de Faramundo. Ele nunca me pediu um nome. Aliás, ninguém me chama por nenhum nome também. Quando falam de mim, falam o minino. Bem assim. Minino.

MAS EU INVENTEI UM PRA MIM. Meu pai é Fernando, meu vô Francisco, meu biso Fernando. E assim vai indo sempre: Francisco Fernando Francisco Fernando. Aí que eu acho que eu, Francisco, filho dele, só pode ser eu, né. Nenhum irmão é Chico. Nenhuma irmã é Maria Francisca. O Francisco sou eu.

OU EU TENHO UM NOME MUITO FEIO E NÃO SEI. Tão feio, mas tão feio, tão feio que ninguém tem coragem de falar. Sei lá, como Trofimus.

OS SOBRENOMES FORAM INVENTADOS HÁ UM TEMPÃO, lá na China, uns cinco mil anos atrás. Foi porque a população tava crescendo muito e aí não dava mais pra todo mundo ter só um nome. Aí o imperador

obrigou todo mundo a ter três: o nome nome mesmo, um da família e mais um, tirado de um poema.

AGORA QUE JÁ TENHO UM NOME E SOBRENOME, só falta escolher um poema.

HOJE, EU OUVI NA VISITA DO MEU VÔ TRISTÃO. Ele trouxe brigadeiro. Eles falaram que minha mãe morreu no parto. Eu não me lembro dela grávida. Eu não vi médico nenhum. Mas ele pode ter passado disfarçado, porque como antes não tinha máscara engraçada, eu posso não ter visto. Eu pensei comigo, e se minha mãe ainda tá viva e foi embora ter esse filho só pra ela?

EU NÃO LEIO MAIS SÓ LIVROS. Agora leio árvores. Como o papel vem das árvores, no fundo, é a mesma coisa. Árvore é a mãe dos livros. Quando eu comia fruta e cuspia, o caroço nascia planta. Eu pensava que se a gente plantasse os ossos, nascia um ovo de passarinho. Só as plantas são mágicas. Mas os galhos de cima são frágeis. O olho falha como quando alguém fala que voou um pássaro e você fica cadê cadê. A gente tem dúvida se o que tá lá em cimão é uma cobra, um ninho ou uma blusa que jogaram. Quem olha pra frente vê só um tronco. Eu sempre olhei pra cima. O resto eu adivinho.

AS ÁRVORES SÃO MUITO PODEROSAS. Maria Encarnação foi lá na Praça Tiradentes, porque tinha que coroar uma árvore como rei. Rei Iroko. Achei bom nome para um rei, mas acho que ninguém vai saber que a árvore é o rei da praça. Se meus irmãos podem ir na igreja da frente, falar com estátuas de Jesus, elas também podem falar com aquela árvore. Árvore é casa de passarinho. Se um dia São Francisco vier pra Curitiba, vai começar a gostar bem mais do Iroko do que de Jesus.

MAS, ESSES DIAS, achei que a Maria Encarnação tava lelezinha da cuca, falou que eu sou filho de Xogum, que ela já tinha falado que era um guerreiro da África. Eu falei que não tinha nada a ver, que meu pai era o Fernando e vim correndo pra casa. Ela começou a rir. Aí, achei ela mais maluca ainda, porque nunca foi malvada comigo e tava rindo da minha cara. Mas fiquei com a pulga atrás da orelha e pesquisei. Xogum é um tipo de lutador japonês. Nossa, não sei mais nada. Não sei se ela bebeu ou aquela coisa de ela girar muito no barracão, ou estar muito muito casca de árvore, tá deixando ela muito doida. Mesmo. É só olhar pra mim e ver que eu não sou japonês. Sou bem mais parecido com um guerreiro africano. Quando ela falou, pediu até segredo. Mas não dá mais pra confiar nem na Encarnação de adultos. O problema é que, se eu brigar com ela, vou ficar mais sozinho.

SE ANTES FALAVAM DA MINHA MÃE E ATÉ CHORAVAM, agora faz tempo que não falam mais. E, quando falam, abaixam o tom de voz e chegam a tropeçar na palavra antes de falar o nome dela.

ACHO TÃO BONITO O NOME DA MINHA MÃE. Descobri que até existe uma borboleta com o nome dela: *Papilio innocentia*. Acho que quando as mães vão embora, viram borboletas.

ALONSO OU ALFONSO ENRÍQUEZ, Senhor de Medina de Rio Seco, é meu décimo sétimo bisavô. Seu pai foi assassinado pelo seu tio. Um dia, no ano de 1387, Alonso fingiu que era um criado e perguntou a Juana de Mendoza, que era uma viúva rica, se ela casaria com ele. Ela disse que ele era filho de judeu. Ele deu um tapa nela. Ela mandou que seus homens o prendessem e chamou o padre para casar eles, porque só seu marido podia dar um tapa nela. Aí casaram. Alonso era tataravô de Juana, a louca. Pelo jeito, a família toda era maluca. Que nem a minha.

GUARDO O LIVRO E ENCONTRO UMA PASTA com um monte de papéis da família embaixo dele. Dos nascimentos dos meus irmãos, casamentos. Eu resolvi procurar alguma coisa da minha mãe. E encontro. O documento é do mesmo dia do meu aniversário.

INOCÊNCIA ALVES FOI A ÓBITO NO DIA TAL decorrente de um parto. O feto, sem nome, não resistiu.

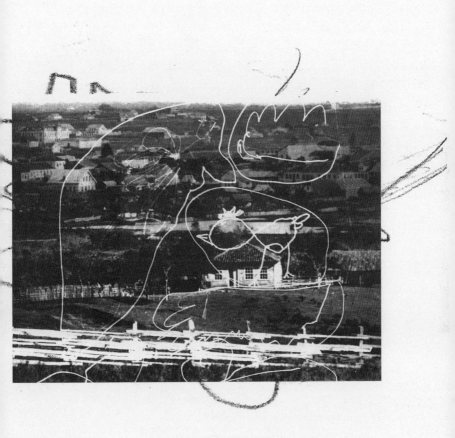

LARGO O PAPEL. A minha foto voa até o topo da árvore mais próxima e começa a cantar. Saio pela porta, atravesso e não sou mais daquele lugar. Tchau, Maria. Vou me despedir da Encarnação, ela dormindo, então cochicho no seu ouvido um adeus. Mas sai a palavra *Àbíkú*. Agora, sei que nunca mais vou encontrar a Inocência.

VOU EMBORA COM FARAMUNDO. No caminho, ele me conta que saímos pela rua Duque de Caxias e seguimos pela rua América. Meu destino é a rua que cresceu: rua do Jogo da Bola, que virou rua da Ladeira, que virou rua da Assembleia, que um dia vai virar Dr. Muricy. Um nome é um apelo. Ruas mudam de nome. Pessoas, só porque crescem, não.

A inocência morreu. QUE NEM EU.

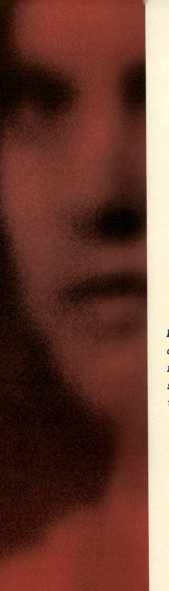

Esta é uma obra de ficção*, qualquer semelhança com nomes, pessoas, fatos ou situações da vida real terá sido mera saudade.*

E quando foi que a família nasceu?

por Julie Fank

A curiosidade inaugura um rito, tão comum a quem escreve hoje: rebobinar o fio que nos fez quem somos. Estrela Ruiz Leminski honra seus dois sobrenomes e transforma esse rito em obsessão: documentos, mapas, fotos, viagens, testes genéticos encomendados pela internet e lacunas a dar com pé milimetricamente examinadas. Tendo diante de si um totem a quem presta reverência sem deixar a irreverência de lado — como era de se esperar —, ela desfia um novelo em quatro novelas que, juntas, dão no hoje, aqui, agorinha mesmo. Sim, sua matéria-prima é o tempo. Mas também o silêncio. Que buracos uma história pretende preencher. É biografia? Também. É ficção? Ô, se é.

Na primeira história, a matéria-prima é o tempo invernal, tecido dentro dos tecidos que guardavam o fotógrafo que captava tudo. Como seguir a vida sabendo que se morre logo adiante, é a pergunta que Pedro se faz e nos faz. O tempo do obturador se ajusta ao passado em que o sobrenome ainda não existia. Um Pedro que coleciona pedras sabe a importância de um tempo que não é linear, medido em camadas que se sobrepõem umas às outras, sem ordem e sem hierarquia e se sedimentam ao longo da vida. Um inski decifrável hoje já foi solução fácil pra quem não conseguia ouvir os milhares de sobrenomes que chegavam à fronteira num filme sem roteiro. Prender a respiração pra foto é um antídoto contra borrões e todo sobrenome é uma invenção. Mas isso a gente só sabe hoje, agora e nesse agora se pode recomeçar a festa de onde alguém parou. Viver na fronteira é sina para quem aceita destino e sabe que, sempre depois do inverno, vem a primavera.

Na segunda história, Luiza nos dá a bússola, mas uma bússola que nem sempre leva ao norte. Ao polinizar a história de sua avó com outros mapas, ela nos dá uma infinidade de rotas que atravessam o tempo: os signos do céu. Ao segredar que sabe como encontrar os avós em si mesma, fala em voz alta. Ao catar respostas em sua certidão de nascimento, se vê perpetuamente num espaço que já foi ocupado antes e que sempre será casa. A história de Luiza é também a de muitos paranaenses, de muitos catarinenses que só se sabem em retalhos de histórias mal contadas, tão bem resumidas na palavra: cacaricalhos. E, quando em cacaricalhos, como não se dirigir também ao outro em busca de uma resposta? Daí a interlocução com suas duas obsessões: ela e um outro ou outra a quem se dirige. Ao mergulhar por descuido nessa obsessão, fica nítido que, não importam as co-ordenadas geográficas, o outro continua sendo sempre o mesmo para quem fica e amor e obsessão não têm data de validade. Luiza não se esconde, ela se verbopene-lopeia e, ao transformar Penélope em verbo, manuseia esse tecido sem se esconder embaixo dele. A coragem é superpoder de quem desabrocha.

Na terceira história, Josefa quer, como todo mundo, voltar pra casa. Quem, em sã consciência, quer voltar pra Tristeza. Mas não é dessa casa que estamos falando. É de sua origem, aquela que está a um oceano de dis-tância — e quanta água neste verão fora de época. Foi procurando a casa que se viu refugiada e, ainda que este termo não conste na escrita de Estrela, é na esteira de uma estrada de pedaços de pão pela floresta ou no fio de Ariadne que os personagens deste capítulo se perdem enquanto se encontram, ou se encontram enquanto se perdem. De si e dos seus. Cada concessão, aqui, é representada por um arcano maior, que antes não tinha, nem número, nem nome, feito toda gente que zarpa de casa. Consigo, cada carta carrega símbolos e lições de vida, segredos e mistérios passados de geração em geração, feito uma família, ainda que cada carta se mantenha dentro da sua moldura. Solstício e suplícios organizam a vida em polos diferentes dos hemisférios. É verão dentro de Josefa, que se move, que arde. Seus dias são longos e sua vida também. Tempo suficiente para Estrela perpassar uma travessia digna de cigana, pavimentada por um baralho. Desses de sortistas: se é azar ou sorte, depende de que hemisfério estamos falando. Enquanto se apaixonar for praga, nenhuma rota de fuga será suficiente e Josefa sabe muito bem disso.

E, por fim, a chegada no outono. Um menino sem nome não é capaz de escolher seu próprio poema que nem toda gente do passado. As mulheres minguam entre a letra maiúscula e o ponto final e cadê a mãe?, pergunta a folhinha que se desprendeu de um galho alto e flutua carregada pelo vento. A origem de tudo é a busca de Estrela, destrinchada capítulo a capítulo, mas, especialmente, na ingenuidade desta narração arguta. A criança que olha o mundo com o corpo todo e se detém nos retratos da sala. Acompanhar uma criança perdida em busca da mãe é acompanhar toda tentativa de nomeação, que o digam os biólogos e catalogadores de plantas no outono. Você já tentou grudar de volta uma folha em um galho? Isso é tarefa pra fantasia, não para os bibliotecários. Reconhecer uma árvore pela silhueta é tarefa para quem se alfabetizou com a saliva e é capaz de inventar nomes. Não importa o idioma ou a estação, quando se pergunta a um filho como é o nome de sua mãe, a resposta é a mesma: mãe, o nome que vem antes de tudo. Uma história inteira passa pelos olhos desse menino. E só então as raízes, faça chuva, faça sol, saltam da terra.

As quatro estações no mesmo dia, no mesmo romance, na mesma frequência, nos contam a história que ninguém se atreve a contar: uma história que atravessa séculos de vontades e histórias. Passado, presente e futuro organizam essa alquimia que nos permite ouvir o canto desse pássaro e saber que ele está vivo hoje, mas também morreu ontem. Ouvidos atentos para saber o que poderia ter havido e a mágica está feita. Uma, das muitas histórias possíveis dessas famílias, se conta aqui, neste livro que se pretende biografia fantástica, mas pode ser lido como um tratado de existência. Quem são as avós e os avós que desfiaram um fio que segue vivo é a pergunta norteadora de Estrela Ruiz Leminski. No caminho, quatro personagens-guia: viajantes do tempo ou obsessões de seus narradores, estão todos fadados a um destino entrelaçado por fotos, livros, baralhos e ciganos.

A família, no fim — nos princípios e no meio —, é nosso primeiro e último oráculo. Estrela aprendeu a embaralhar essas cartas e, sempre que possível, desobedecê-las. Seus avôs e avós ficariam, lá de cima de sua árvore, orgulhosos.

Revisão . Julie Fank

Preparação de texto . Bárbara Tanaka

Produção executiva . Téo Ruiz

Capa, Colagens, Bordados e Projeto gráfico . Luisa Barros, Estrela Ruiz Leminski e Marco Mazzarotto

Imagens . Acervo da família, exceto mapas capítulo 'Onde' [IPPUC/Prefeitura de Curitiba]; fotos históricas capítulo 'Quem' [Adolpho Volk, 1852—1908, cedidas pela Casa da Memória de Curitiba] e o quadro 'Una gitana'[Raimundo de Madrazo y Garreta, 1841—1920] no capítulo 'Por que'.

Caligrafia capítulo 'Por que' . Eliza Massignan

Garatujas capítulo 'Quem' . Lorena Leminski, Leon Leminski e Estrela Ruiz Leminski

Foto Estrela . Mayara Santarém

CIP-BRASIL. CATALOGAÇÃO NA PUBLICAÇÃO
SINDICATO NACIONAL DOS EDITORES DE LIVROS, RJ

L571q

    Leminski, Estrela Ruiz, 1981-
    Quando a inocência morreu / Estrela Ruiz Leminski. - 1. ed. - São Paulo : Iluminuras, 2024.
    176 p. ; 21 cm.

    ISBN 978-65-5519-226-1

    1. Romance brasileiro. I. Título.

24-91464   CDD: 869.3
                   CDU: 82-93(81)

Gabriela Faray Ferreira Lopes - Bibliotecária - CRB-7/6643

Agradecimentos

Aos meus avós, e pelo que fizeram com o que a vida fez deles. * Alice Ruiz, por absolutamente todas as palavras e ser semente dessa história toda. * Ao Téo Massignan Ruiz, com quem planejo meu pomar, e que me ajudou a plantar mais esse livro. * À Lorena e Leon Leminski, minhas eternas crianças, pelas garatujas. * À Aurea, minha irmã e cúmplice na vida. * Ao meu irmão Miguel Ângelo, amor no descompasso da matéria. * A todos os amigos que me emprestaram histórias, ombros e ouvidos. * Aos primos e família que conheci nesta busca e que embarcaram comigo. Aos mais velhos, que me ajudaram a preencher o que há entre os documentos com vida. Me perdoem por ter feito ficção e literatura com essa pesquisa. * À Eliza Massignan, que além de tudo, me emprestou sua caligrafia. * Vi, Guta e toda a família Ruiz. * Assionara Souza que me chamou de prosadora. Helena Kolody, Bronislawa Wajs (Papusza), Wisława Szymborska, Aglaja Veteranyi. * À Julie Fank, por ser guia nesta jornada. * À Bárbara Tanaka, pela peneiração do texto. * À Luisa Barros e ao Marco Mazzarotto, pela parceria, criação visual, e tradução gráfica primorosa. * À Noemi Jaffe e Samuel Leon, por tudo. * Aos bons pesquisadores. * Aos que transformam a lama familiar em adubo.

Estrela Ruiz Leminski nasceu em Curitiba, Paraná, em 1981. É poeta, compositora e cantora. Tem dois livros de poesia lançados e quatro discos. É formada em música e mestra em Musicologia, em Valladolid, Espanha.

Descobriu, em documentos fora de ordem, a história de seu bisavô Pedro (e que a de sua bisavó **Catharina** estava mal contada). Mora na continuação da rua de sua bisavó **Luiza**. Viveu na Espanha com a família e, lá, reconheceu a sogra de sua bisavó **Josefa** em um retrato no Museu do Prado. Continua sem saber nada sobre sua bisavó **Inocência**. Ainda não é avó e conseguiu terminar seu primeiro romance.

Esta obra foi composta usando as famílias
tipográficas Courier, Scala Pro, Source Code
Variable, Mrs Eaves, Imaginary Friend e Libre
Franklin — sendo impressa em papel Polen Soft
80g/m² em Junho de 2024.